내일이면 나아지려나

내일이면 나아지려나

초판 1쇄 인쇄 2018년 11월 9일
초판 1쇄 발행 2018년 11월 16일

지은이 김연욱
책임편집 조혜정
디자인 그별
펴낸이 남기성

펴낸곳 주식회사 자화상
인쇄,제작 데이타링크
출판사등록 신고번호 제 2016-000312호
주소 서울특별시 마포구 월드컵북로 400, 2층 201호
대표전화 (070) 7555-9653
이메일 sung0278@naver.com

ISBN 979-11-89413-17-0 03810

©김연욱, 2018

이 도서의 국립중앙도서관 출판예정도서목록(CIP)은 서지정보유통지원시스템 홈페이지
(http://seoji.nl.go.kr)와 국가자료공동목록시스템(http://www.nl.go.kr/kolisnet)에서
이용하실 수 있습니다.(CIP제어번호: CIP2018036016)

김연욱 지음

내일이면 나아지려나

흠 많은 사람의
보통 생각

네 알아요 잘 압니다. 저는 흠이 많은 사람이라 어떻게 살아왔다 이야기하지 못합니다. 부족한 점투성이라 앞으로 어떻게 살아가야 하는지도 말씀드리지 못합니다.

모자란 저이지만 생각은 해볼 수 있잖아요? 어차피 정답도 없는 인생이고 뜻대로 되지도 않는 삶이지만 내 마음대로 생각이라도 해봐야죠. 생각한 대로 술술 잘 풀리지 않으면 또 어때요? 그러면 재미없을걸요? 술술 풀리는 인생을 아직 살아보지 못해서 모르는 건가요.

그저 보통의 인생을 살고 있는 평범한 인간의 생각일 뿐입니다. 저는 그저 질문을 하고 제 생각을 나눌 뿐이에요. 부디 저의

미천한 생각에 좋은 생각들을 얹어서 앞으로 어떻게 살아가야 하는지 힌트라도 좀 알려주세요. 방탈출 게임에서 뭘 더 어떻게 해야 할지 감도 잡히지 않을 때 찾아보는 그런 힌트처럼요. 다음으로 무엇을 해야 하는지는 최소한 알아야 하잖아요.

생각한 대로 되지는 않을지라도 그렇게 생각이라도 해야 해요. 그래야 조금은 더 편안한 인생이 될 겁니다. 결국엔 생각한 대로 이뤄내는 날이 올 겁니다. 다들 그런 희망을 안고 살아가는 거잖아요. 저에겐 그런 날이 죽을 때까지 오지 않는다 하여도 뭐 어때요. 그래도 괜찮아요. 그래봤자 평생 희망찬 인생을 사는 거밖에 뭐가 더 있겠어요. 그것으로 된 겁니다.

너무 어렵고 복잡하게만 생각하지 말자고요. 또 막상 해보면 다 되잖아요. 우리가 힘들다 못하겠다 말은 하지만 결국에 우린 지금 여기까지 왔잖아요. 앞으로도 그렇게 하면 되는 거죠 뭐. 다 해봤는데 더 이상 못할 게 뭐가 있나요. 자신을 믿자고요. 내가 스스로를 믿지 못하면 누가 또 나를 나만큼 믿어주겠습니까.

하루의 끝에 서서 김연욱

• 1장 •

뭐, 다른 거 없습니다.
파이팅 합시다

• 4장 •

다른 사람이 내 인생
살아줄 것도 아닌데

어차피 난 내가 좋아하는 것도 잘하지 못하는데 뭘.

좋아하는 것도 잘하지 못하는데

안 좋아하는 거 좀 잘 못한다고

그게 뭐 크게 대수라고.

매운 거 좋아하는데 잘 먹지는 못한다고

술자리는 좋아하는데 술은 잘 못한다고

뭐 그런 거랑 비슷한 거다.

뭐, 다른 거 없습니다.

파이팅 합시다

단지 나에게 맞는
때가 있을 뿐임을

몇 년 전 약속 장소로 가는 길에 주변의 테니스장에 세워진 환영 문구를 보았다. 테니스 배우기 좋은 계절입니다. 그때가 늦가을에서 초겨울로 넘어갈락 말락 하는 시기였던 것으로 기억하는데 그 문구를 보고 나는 생각했다. 아 그래 지금처럼 약간 쌀쌀해지면 야외활동을 잘 안 하지 지금쯤 테니스 배우면 괜찮겠다. 딱 좋은 문구네. 하지만 그저 스쳐 지나가는 일상의 관찰이었을 뿐 더 이상은 없었다.

그로부터 몇 달 후 나는 다시 그 근처를 지나게 되었고 테니스장의 문구를 다시 보게 되었다. 그때는 봄에서 초여름으로 바뀌는 정도의 날씨였는데 예전에 본 적이 있다는 사실을 완전하게 잊은 채 나는 생각했다. 아 그렇네 지금 한창 수영복 입기 전에 운동들을 많이 할 때니까 다이어트 겸해서 테니스 배우면 딱 좋겠다. 그러다가 불현듯 옛 기억이 떠올랐다. 아 이거 전에 봤는데 그때도 지금처럼 생각했었잖아.

봄에는 날이 따뜻해서 여름에는 다이어트 목적으로 가을에는 날이 선선해서 겨울에는 야외활동이 필요하니까 사실 어떤 계절에도 테니스를 배우기엔 안성맞춤이다. 딱히 테니스를 배우기에 좋은 계절은 없지만 반대로 어울리지 않는 계절도 없는 것이다. 읽는 사람의 생각에 따라 언제 봐도 언제나 어울리는 환상적인 환영 문구다. 이와 비슷하게 집 근처의 곱창집엔 이런 광고 문구가 적혀있다.

오늘은 곱창과 소주가 땡기는 날.

저녁 퇴근 길 그 곱창집 앞을 지날 때면 항상 생각한다. 아 진짜 오늘은 곱창에 소주가 당기네. 하지만 사실은 어제도 그 생각을 했고 아마 내일도 할 것이다.

무엇을 하기 좋은 날이나 계절은 없다.

책을 읽거나 영화를 보기 좋은 날,

여행을 하거나 사랑을 고백하기 좋은 계절

그런 것은 애초부터 존재하지 않는다.

마침 그것을 했던 시기가 그 시기였을 뿐

모든 사람들이 동일한 날이나

계절에 특정한 활동을 하지는 않는다.

해당 업계의 오래된 마케팅 활동에 넘어가지 말자 뭐 그런 말을 하고 싶은 것이 아니다. 내가 하고 싶은 이야기는 나도 그런 문구 같은 사람이 되고 싶다는 것이다.

내가 쓰는 글이 사람들에게 어떤 계절에 배워도 좋을 테니스나 언제 먹어도 좋은 곱창과 소주 같은 느낌을 전달할 수 있으면 좋겠다. 매일 읽어도 질리지 않는 글, 어느 계절에 만나도 늘 그대로 좋은 사람. 나는 그런 사람이 되고 싶다고 생각했다. 눈이 오나 비가 오나 바람이 부나 상관없이 마음만 먹으면 누구든지 언제든지 테니스를 배우고 집으로 돌아오는 길 곱창을 안주 삼아 소주 한잔 할 수 있을 것이다. 항상 거기서 기다리는 내일은 한번 들어가볼까 기대하는 그런 글을 쓰는 사람이 나는 진정으로 되고 싶다.

내일이면
나아지려나

어제 죽은 이가 그토록 소망했던 오늘에 나는 살고 있다. 나의 오늘은 그들에겐 내일이었다. 누구에게나 규칙적인 속도로 시간은 흘러가니 그것은 매우 공평한 일이지만 나에겐 또 내일이 누군가에겐 내일 하루만이 될 수도 있다 생각한다면 내일을 지금보다 조금은 더 소중하게 다뤄야겠다 생각한다.

조금 따져보자면 사실 나는 내일에게 매일 속고 살아왔다. 내일이면 나아지겠지 내일이면 좋아지겠지 내일이면 잊혀지겠지. 하지만 생각해보면 내일이 된다고 해서 나의 삶이 크게 달라질 일은 없다. 그야말로 하루아침에 유명해지거나 부자가 되거나 다른 사람이 되거나 하지는 않을 테니까 말이다.

아마도 내가 내일에게 너무 많은 기대와 의지를 했거나 책임을 떠넘겨버린 탓이리라. 시간이 지나 내일이 오늘이 되고 그 다음 날이 내일이 되는 과정을 수없이 거치고 나면 그때 한번쯤 뒤돌아서서 지나온 길을 확인해볼 수 있으려나.

> 오늘 죽지 않는다면
> 내일은 어김없이 찾아온다.
> 내일을 어떻게 맞이할 것인가.
> 그게 오늘 마쳐야 할 내 일이다.

잘

힘든 노동의 끝엔 항상

잘 먹고 잘 살자고 하는 짓인데라며

스스로를 위로하곤 했는데

그나마도 요즘엔

먹고 살자고 하는 짓인데로

위로 문구가 바뀌었다

가장 기본적인 먹고 사는 문제인데

이것을 잘 한다는 것이

이토록이나 힘든 일이었단 말이냐

좋아하는 것도 잘하지 못하는데
안 좋아하는 거 좀 잘 못하면 어때서

어떤 일을 좋아한다는 것이 잘한다는 뜻은 아니다

물론 잘하기 때문에 그것에서 자부심을 느껴 좋아할 수도 있기는 하지만 대부분의 경우 그 일을 하는 것 자체가 즐겁다는 뜻일 뿐 잘한다 못한다를 이야기하지는 않는다. 좋아도 하면서 잘하기도 한다면 좋겠지만 좋아한다는 뜻에 잘해야 한다는 조건이 달려 있지 않으므로 굳이 그것까지 고려하여 좋아하는 것을 선택할 이유는 전혀 없다.

◆

말했듯이 좋아하는 것도 다 잘할 수 없는 것이 인생이다.

그렇다면 생각해보자. 내가 지금 하고 있는 일, 즉 생존을 위하여 돈벌이로 삼고 있는 일은 내가 진정 좋아하는 일인가? 그렇다고 한다면 더 없이 좋겠지만 어디 인생이 그렇게 만만한가. 많은 경우에는 난생처음 접해보는 일을 하나하나 배워가며 하고 있을 것이다. 물론 그러는 와중에 그 일을 좋아하게 되기도 하겠지만 뭐 딱히 좋아하지 않게 되어도 괜찮다. 원래부터 좋아했던 일이 아니었으니까.

◆

나도 좀 그런 느낌이 있는데 내가 하고 있는 일을 좋아하는지 안 좋아하는지도 잘 모르겠다. 손에 익어서 잘하기는 하는데 그러다가 또 돈도 좀 벌고 하면 아 내가 이 일을 좋아하나 싶기도 하다가 스트레스도 받고 루틴에 빠지면 그다지 잘해 보이지도 않는다. 하지만 크게 마음 상하지는 않는다. 뭐 누구는 태어날 때부터 잘했나 나도 아직 배울 것이 많으니까, 그리고 좋아하는지 아닌지도 모르니까 잘하지 못해도 괜찮다 생각한다.

어차피 난 내가 좋아하는 것도 잘하지 못하는데 뭘. 좋아하는 것도 잘하지 못하는데 안 좋아하는 거 좀 잘 못한다고 그게 뭐 크게 대수라고. 매운 거 좋아하는데 잘 먹지는 못한다고 술자리는 좋아하는데 술은 잘 못한다고 뭐 그런 거랑 비슷한 거다.

내가 좋아하는 거 잘하냐고 묻지 마라.
그냥 편안하게 좋아하게 해주라.
그리고 내가 잘하는 거
좋아하냐고도 알려고 하지 마라.
좋아졌다가 안 좋아지면 나만 손해다.
좋아하는 거랑 잘하는 거,
그거 그거 완전히 다른 거다.

아 근데 생각해보니 나는 좋아하는 건 많은데 잘하는 건 딱히 떠오르질 않네?

왜 굳이 꼭
'즐겨야' 하는 건지

　나는 나의 일을 즐기지 않는다. 지난 15년간 이런 저런 일들을 해왔지만 나는 나의 일을 즐긴 적이 없다.

　거짓말이다. 솔직하게 말하자면 처음엔 나도 나의 일을 즐겼다. 하지만 좋아서 시작했던 일이 그야말로 돈을 버는 직업이 되는 순간 스트레스가 침범하기 시작했고 나는 더 이상 그 일을 즐기지 못하게 되었다.

◆

　머리를 쓰는 일은 머리를 쓰는 대로 몸을 쓰는 일은 몸을 쓰는 대로 돈을 많이 버는 일은 많이 버는 대로 못 버는 일은 못 버는 대로 스트레스는 어떠한 형태로든 나타나 일 사이사이에 스며 들었다. 결국 내가 이 스트레스를 해결하지 못하면 일을 다시 즐길 방법이 없었지만 나는 조금 다른 식으로 접근해보자 생각했다. 그것은 바로 기계가 되는 것이었다.

기계처럼 일한다는 말은 내가 일을 정말 잘한다는 뜻이 절대로 아니다. 내가 말하는 기계처럼 일한다는 뜻은 스트레스는 당연히 있을 것이니 그것조차 느끼지 못하게 감정을 없애고 닥치고 그저 일만 하는 것이었다. 나는 기계처럼 일한다. 스트레스 그것은 무엇인가요, 먹는 건가요? 난 모른다. 기계는 그런 것을 느낄 새 없이 그저 시간에 맞춰 돌아간다. 최근 예능인이 된 전직 프로농구 선수는 현역 시절 단 한 번도 농구를 즐긴 적이 없다 말했다. 매일매일 전쟁같이 운동을 했다는 그의 마음도 지금의 나와 비슷했으리라 생각한다.

◆

내가 일을 즐기지 않는 더 중요한 이유는 바로 꿈 때문이다. 나의 꿈이 일이 되어 더 이상 즐기지 못하게 되었을 때 나는 많이 상심했다. 그렇게 또 다른 꿈을 펼쳤을 때 그것은 다시 일이 되었고 나는 꿈을 계속 잃어버리고 말았다. 이런 식이면 내겐 더 이상의 꿈이 남아 있지 않을 것이다. 그래서 나는 일은 일로만 일하고 내가 즐기는 일은 그저 즐기게만 둔다. 최대한 그것이 일이 되지 않는 한도 내에서 내가 즐기는 것을 매우 즐겁게 즐긴다.

혹자는 즐기는 사람이 진정한 전문가라 말하고 또 다른 이는 아무도 즐기는 사람을 이기지 못한다 이야기한다. 상관없다. 난 전문가가 되고 싶지도 않고 이기고 싶지도 않다.

난 지금처럼 내가 살아온 방식대로
즐기는 것과 그렇지 않은 것을 확실하게 구분하며
삶의 밸런스를 맞추어 갈 것이다.
기계가 멈춘 이후에
소중한 나의 꿈을
조심조심 하나씩 꺼내어볼 것이다.

그.럼.전.이.만.일.하.러.가.보.겠.습.니.다.
삐리비리비리비리~

과연 나는 오늘 시간이 준
소중한 기회를 잘 누렸나

　한번 머릿속에 넣은 정보를 죽을 때까지 가지고 갈 수 있다면 아마 그 사람의 머리는 결국엔 터져버리고 말지 않을까. 망각이라는 것은 그래서 참 좋은 시스템이다. 물론 가끔은 반드시 기억해야만 하는 것들을 잊어서 탈이지 대부분 잊고 싶은 기억들은 망각이라는 이름 아래 묻어둘 수 있으니까 말이다.

◆

　우리는 시간이 지나면 자연스럽게 기억이 쇠퇴한다 생각한다. 하지만 사실 그것은 시간만 지난다고 저절로 다 잊혀지는 것은 아니다. 다른 새로운 정보의 유입으로 인하여 이전 기억이 밀려나기도 하고 또 어떤 경우엔 잘 사용하지 않는 기억이라서 자연스럽게 없어지기도 한다. 주변에 보면 시간이 모든 것을 해결해줄 것이라 말하는 사람들이 간혹 있는데 나는 이 말에는 절대적으로 동감할 수 없다. 도대체 시간이 무슨 죄란 말인가 왜 시간에게 그러한 막중한 책임을 떠넘기는가. 시간은 그저 흘러감으로 자기 할 일을 하고 있을 뿐이다. 결국 잊고 싶은 것을 잊는 것은 시간이 아니라 우리가 해야만 하는 일이다.

나의 경우엔 기억력이 매우 좋지 않은데 특이한 점은 내가 기억하고 싶은 것만 기억을 한다는 점이다. 그것이 그 상황에서 아무리 봐도 절대 중요할 리가 없는 부분인데 난 혼자서 그것을 기억한다. 문제는 중요한 부분은 다 빼먹고 내가 기억하고자 하는 것은 기억한다. 글쎄 그것이 도대체 나에게 왜 중요한지 어떤 의미인지 99프로는 아직 밝혀내지 못했고 그저 색다른 것을 기억하여 함께한 사람들에게 웃음을 줄 뿐이다.

◆

　시간이란 이렇게 오묘한 맛이 있는 반면 그 누구도 손댈 수 없다는 위대함도 있다. 그 어떤 돈 많은 사람도 힘 많은 사람도 시간을 어찌하지는 못한다. 만화책이나 소설 영화 등에서 시간 여행을 단골 소재로 다루는 것만 보아도 인간이 시간을 컨트롤하고 싶은 욕망을 얼마나 강한지 알 수 있다. 타임머신이라는 것에 대해서 시간 여행이라는 것이 대해서 나도 생각해본 적은 있는데 누군가 나에게 과거로 돌아가길 묻는다면 나는 아마도 아니라고 할 것 같다. 흠 과거로 돌아가 로또 번호 몇 개를 보고 오고 싶은 소망은 있으나 지금까지 겪었던 모든 것을 다시 겪을 생각을 하니까 너무나도 끔찍하다.

　누군가 시간의 정의를 묻는다면 시간은 우리에게 기회를 준다고 나는 답변하고 싶다. 잊거나 잊지 않는 것도 그렇고 하거나 하지 않는 것도 그렇다. 시간에 의해 '잊혀진다'거나 '하게 되어진다'거나 하는 수동형의 문장은 시간에겐 좀처럼 어울리지 않는다. 시간은 지금도 흐르고 있고 나는 시간 위에서 능동적으로 무엇인가를 해야만 한다.

따지고 보면

매일매일은 말할 것도 없고

매시간 매분 매초가

우리에게는 새로운 기회인 셈이다.

시간과 함께 흘러가거나

흐르지 않거나

결국 우리의 선택일 뿐이다.

뭐, 언젠가 현실이 되는
꿈도 있지 않겠나

　사람은 거의 매일 꿈을 꾼단다. 다만 잠을 푹 자게 되면 꿈 자체를 기억하지 못하여 꿈을 꾸지 않았다 생각한단다. 난 거의 매일 꾼 꿈을 기억한다. 고로 나의 수면상태는 매우 불량하며 만성피로의 주된 원인이라 하겠다. 심지어 꿈에서 느낀 감촉까지도 생생한데 가끔은 내가 현실을 꿈으로 착각하나 싶을 정도이다. 하지만 현실이었으면 좋겠다 하는 순간은 항상 꿈이고 차라리 꿈이었으면 하는 순간은 항상 현실이라는 점은 변하지 않는다. 그래서 꿈이라는 놈은 현실을 보지 못하게 눈을 감아야만 꿀 수 있는 모양이다.

　꿈에서는 억눌린 욕망을 표출하는 경우가 대부분이라 프로

이트 형님께서 말씀하셨는데 그 욕망에는 폭력적 및 성적 욕망이 포함되어 있단다. 음… 나의 꿈 내용은 비밀에 부치겠다. 오늘 새롭게 알게 된 사실인데 폴 매카트니 형님은 꿈에서 들은 음악을 바탕으로 '예스터데이'라는 곡을 만들었단다. 그 외에도 세계적으로 유명한 소설이나 영화 등도 꿈의 내용에서 힌트를 얻은 경우가 많다고 하니 그들에게 꿈은 말 그대로 그들의 꿈을 이루어준 꿈이라 할 수 있겠다. 그래서 나는 다짐했다. 오늘부터 꿈을 꾸면 무조건 옆에 있는 사람 아무나에게 부탁하기로. 1부터 45까지 중 숫자 여섯 개만 찍어 달라고. 혹시 아나, 꿈이 현실이 될지.

변하면 또 어때.
나답게 변하면 그만이지

아침에 깎아놓은 사과가 금세 색이 변했다. 껍질을 벗겨 놓은 식품이 공기에 노출되어 갈색으로 변하는 것을 갈변이라 하는데 백색식품의 경우 이 현상이 두드러진다. 당연하겠지 원래 백색인 것에 갈색이 나타나니까 더 잘 보이겠지.

나는 지금 갈변되고 있다. 아 내가 원래 순수한 백색이었음을 뜻하는 것은 아니다. 사회에 나가기 전 나는 무색이었겠지. 식품이 공기 중에 노출되듯이 나 역시 내가 처한 환경에 노출되면서 색이 변하고 있다. 식품이 갈변되면 우선 미관상 좋지 않을 뿐더러 식품이 지니고 있는 순수한 영양분도 잃는다고 한다.

갈변되어 상품성을 잃은 식품처럼 나 역시 애초에 내가 지니고 있던 무엇인가를 계속 잃고 있는 것은 아닐까. 하지만 그렇다고 갈변을 막을 방법은 없다. 이 사회에서 살아가려면 억지로 무엇인가를 막으면서 나 혼자 깨끗한 색을 유지할 수는 없는 노릇이다. 또한 그런 환경을 자연스럽게 받아들이는 것 자체가 그 사람의 능력이 되기도 한다.

　그래서 생각했다. 내가 다른 식품이 되어 보기로, 환경 탓만 하지 않기로. 예컨대 된장, 간장, 커피 등의 식품의 경우엔 갈변이 오히려 도움이 되기도 한단다. 난 된장이 좋겠다. 시간과 정성도 필요하고 오래 묵혀도 좋은 식품이다. 내가 된장이 된다면 갈변마저도 나의 특유한 성질에 도움이 되도록 만들 수 있겠다. 생각하기 나름이다. 물론 시간이 좀 걸리기는 하겠지만 그동안 나는 맛이 더 좋아질 뿐만 아니라 갈변마저도 나를 막을 수가 없을 것이다.

흐르는 대로 두는 법도
이제 알게 되었다

인생의 어느 시점에서부터 나는 크게 애쓰지 않는다. 사람을 포함한 어떤 것도 애써 잡으려 하지 않는다. 그것이 부질없는 짓이라는 것을 하루하루 깨달아서일까. 흘러 흘러 내게로 오면 내 것이 되고 또 흘러 흘러가겠다면 내 것이 아니다. 애써 붙들지도 애써 놓아주지도 않는다. 내가 주체가 되어 잡거나 풀거나 할 수 없음을 안다. 살아보니까 그렇더라. 내가 애쓰지 않아도 곁에 머무는 것이 있고 애써 머물게 하고 싶어도 결국 빠져나가는 것이 있더라. 애써 애쓰지 않는 인생이 재미있다. 오늘은 또 무엇이 오고 무엇이 갈까.

힘냅시다.

당당히 고집 부릴 수 있는 그날까지

결과를 내지 못한 고집은 아집이 되고 더 나아가 독단과 오만이 된다. 결과를 낸 아집은 고집이 되고 더 나아가 믿음과 통찰이 된다. 한평생 고집스럽게 살아온 사람으로서 말하자면 이렇다 할 결과를 내지 못한 채 계속 고집스럽게 살아가기란 여간 어려운 일이 아니다. 결국 한 끗 차이일 뿐인데 나의 고집이 점점 아집으로 비춰지고 있는 것이 심히 안타까울 뿐이다.

인생의 많은 장면이
아름답다

　넌 왜 이렇게 생각이 없냐 생각 좀 하면서 살아라 대체 무슨 생각으로 그런거냐… 등등. 진짜 그것이 궁금하다 우리는 무슨 생각을 하면서 살고 있을까. 아니 도대체 생각이라는 것을 할 시간적 여유라도 있는 것일까. 최초 내가 글을 쓰기 시작한 이유도 생각을 하면서부터였다. 그동안 정말 아무 생각 없이 살았다. 막 살았다는 게 아니라 무엇을 생각해볼 겨를 없이 눈앞에 닥치는 것을 해결하면서 살아왔다. 그러다가 생각을 했다. 그냥 이렇게 살다가 죽는 것인가. 생각을 해보기로 생각한 것이다.

　내가 뭐 남들보다 잘난 사람은 아니었지만 생각해보니 생각에 정답은 없었다. 그저 내 생각일 뿐 생각이 다를 수는 있어도 틀릴 수는 없다는 것을 알게 되었고 생각을 글로 정리해보기 시작했다. 생각을 시작하니 내 주변에 있는 모든 것이 새롭게 보였다. 내 발에 치이는 돌멩이 하나 벽에 써 있는 낙서 보도블록의 껌자국까지도 특별해졌다. 거기에서도 내가 무엇인가를 생각해볼 수 있었다.

◆

억지로 생각하지는 않는다. 다만 모든 것에 마음을 열고 받아들일 뿐. 생각나지 않으면 그대로 놓아주고 생각나면 잠시 동안 담아둔다. 그대로 놓아준 것들도 다시 나에게 돌아와 생각을 떠올리게 하기도 하는데 아마 삶의 경험이 쌓일 때쯤 무엇인가를 생각할 수 있는 것이 아닌가 한다. 생각 좀 하면서 살아라. 이 말을 나는 오늘도 실천한다.

끝난 관계를
어떻게 생각해야 할까?

퇴근길 새 왁스 산다는 걸 깜박했다. 하는 수 없이 버리려 던 왁스를 다시 열어 박박 긁어모아 보지만 머리를 어찌할 수 있는 정도가 아니다. 아무리 해봤자 내 마음대로 머리는 세팅되지 않는다. 반쯤은 만져지고 나머지는 그대로인 내 모습을 거울로 보면서 왜 우리의 마지막 즈음이 생각났을까. 꼭 이 왁스와 같았다. 남아 있는 거라곤 손톱으로 긁어모을 정도였는데 도대체 그걸로 우리가 뭘 할 수 있었다고 그렇게 미련을 떨었을까. 무엇이 우리의 뜻대로 세팅되기를 바랐던 것일까. 왁스를 버리고 머리를 감고 모자를 눌러썼다. 아니 그냥 모자로 덮어버렸다는 게 맞겠다.

비 겁 한

인생의 어느 시점에서부터

머리가 굵어지고

내 스스로 꼰대가 아닐까 생각이 든 순간부터

내가 힘들어 죽겠으니 괜찮아라고 변명하면서부터

난 내 앞에 노약자가 서 있어도

자리에서 좀처럼 일어나지 않는다

그냥 이런 상황을 모면하고자

눈을 질끈 감아버린다

'그날 그때 그곳'이 아니었다면
우리, 만났을까?

날이 너무 더워서 눈이 오면 좋겠다 생각한다. 어릴 적 눈은 어떻게 오는 걸까 궁금했는데 지금은 눈이 오면 다른 것이 더 궁금하다. 저 눈은 어떤 인연으로 나에게 와서 닿은 걸까. 비도 마찬가지이고 바람도 그렇다. 나 말고도 비와 바람을 맞는 이들은 많지만 지금 나에게 와서 닿은 비와 바람은 나에게만 와서 닿은 것이니 그것은 인연이 아니라면 설명할 수 없다.

자연이 우리에게 주는 멋진 광경의 경우도 비슷한 맥락으로 설명이 가능하다. 아름다운 꽃이나 울창한 숲이나 드넓은 평야, 웅장한 폭포까지 자연은 그저 자신들의 일을 묵묵히 하고 있었을 뿐이다. 나에게 와서 자신들을 봐달라고 조르지도 않았고 스스로 사진을 찍어 홍보하지도 않았다. 그날 그때 그곳에 내가 있어서 그들과 만나게 되었을 뿐이다. 그 순간의 만남이 인연인 것이다.

우리는 살면서 정말 많은 사람들을 만난다. 많은 경우 그냥 스쳐 지나가지만 특별한 인연이 되어서 오랜 만남을 지속하기도 한다. 내가 단 1초만 빨랐거나 늦었어도 만나지 못했을 사람도 있고 약속 날짜를 바꾸지 않았다면 평생 보지 못했을 사람도 있다.

이렇게 생각해보면 지금 내가 무심코 스쳐 지나가는 사람들도 엄청난 인연으로 그날 그때 그곳에 있는 것은 아닐까. 트루먼쇼의 트루먼이 아니라면 이것은 확실하게 연출된 것은 아닐 것이다. 당신들의 그대들에게 물어보면 좋겠다.

당신은 도대체 어떤 인연으로

나에게 와서 닿았습니까.

그날 그때

그곳에서 날 기다리고 있었습니까.

걸음을 늦춥시다.
새로운 장면들이
우리 삶에 들어올 테니

횡단보도 보행자 신호의 초록불이 깜박이고 남은 시간은 10초 안팎. 나는 뛰기로 결정하고 1초를 남기고 가까스로 길을 건넌다. 길을 건넜으므로 이제 나에게는 정상적인 프레임의 인생이 다시 흘러간다. 신호를 기다리며 나는 이런 생각을 해보았다. 매일 같은 시각 같은 장소에서 만나는 같은 사람들과 같은 사건들.

내가 제 시간에 길을 건너지 않는다면 나에게는 어떤 일이 일어날까. 인생 프레임의 정상적인 속도를 거스르고 변화된 프레임 속으로 들어갈 수 있을까. 그 이후부터 나는 초록불이 깜박여도 뛰지 않고 기다렸고 그만큼 흘러간 새로운 인생의 프레임으로 들어갔다. 짧은 시간이므로 물론 인생이 크게 바뀌진 않았지만 그래도 새로운 사람들과 사건들이 내가 지나간 후에 발생하고 있었다는 사실을 발견할 수 있었다.

그동안 내 인생 프레임의 정상적인 속도를 맞추지 못하면 실패한 것이라 생각했다. 남들과 대결은 하지 않더라도 적어도 내 속도에는 맞춰 살아야 뒤처지지 않을 거라는 생각이 지배적이었다. 하지만 그날 이후로 나는 짧은 시간의 프레임은 그냥 흘러가게 내버려둔다.

어차피 세상의 프레임은 흘러가고 있고 나의 인생 프레임을 그것에 맞추면 그만이었을 뿐 무엇이 그리도 바빠서 아등바등하고 살아왔을까. 물론 아직까지도 긴 시간의 프레임을 늦추는 것은 두렵다. 여행이나 휴식 등의 시간은 시도할 엄두가 나지 않지만 조금 늦춰진 인생 프레임을 재설정하는 연습을 통해 어떤 프레임도 맞이할 준비를 하고 있다.

누가 내 사랑은
사랑이 아니라 하나

마지막으로 수학 과학 등의 공식을 접한 지 오래지만 그래도 공식을 보면 어렴풋이 생각은 난다. 그런데 저 공식은 도무지 알 수가 없다. 굳이 변명을 하자면 난 문과였으니까. 그렇다, 저것은 만유인력의 법칙이다. 뉴턴이 떨어지는 사과를 보고 발견했다는 바로 그 법칙. 우주상의 질량이 있는 물체들 사이에 작용하는 서로 끌어당기는 힘이며 질량에 비례하고 거리에 반비례한다. 주변의 모든 사물에도 끌어당기는 힘이 있지만 그 힘이 미약하여 서로 붙거나 느끼지 못한단다. 물론 그럴 수는 없겠지만 만약 사랑을 공식화할 수 있다면 만유인력의 법칙으로도 설명이 가능하지 않을까.

우리 모두는 각자 개성과 매력을 가진 존재이므로 기본적으로 끌어당기는 힘을 발산한다. 그 정도가 매우 약하면 느끼지 못하다가 힘이 조금씩 세지면 썸을 타게 되는 것이지. 서로가 서로에게 뿜어내는 힘이 커질수록 거리는 더 가까워지겠고 그러다가 서로 붙어버리고 마는 것이라고. 결국 사과도 땅에 떨어졌으니까.

사랑에 대한 각자의 생각도 의미도 정의도 다르므로 이러한 공식을 대입하여 어떠한 결과를 만들 수는 당연히 없겠다. 그래서 그 어떤 수학이나 과학보다도 사랑이 어려운 거겠지. 최근 보았던 미국 드라마에서 사랑을 믿지 않는 주인공의 이런 대사를 기억한다. 사랑은 종족번식을 위하여 인류가 만들어낸 희대의 거짓말일 뿐이라고. 대입할 수 있는 법칙이 없으니 내가 증명할 길은 없지만 반대로 생각해보면 그 누구도 정의내릴 수 없으므로 사랑의 법칙이나 공식이 존재하지 않는 것은 아닐까. 당신이 누군가에게 보여줬던 혹은 받았던 그 마음 수치화할 수 있을 정도였다면 아마 사랑이 되지도 않았을 것이다.

다 그런 거지 뭐

매운 음식 먹으면 물로 배 채우고

패밀리 레스토랑 가면 빵으로 배 채우고

치킨 먹으면 맥주로 배 채우고

짜장면 먹으면 단무지로 배 채우지

다 그런 거지 뭐

다 내 맘 같진 않은 거지 뭐

어디 내 맘대로 하나라도 되는 게

인생이겠어?

한 걸음 뒤로 물러서면 안다.
결과는 아직 모른다는 것을

돋보기를 대고 아주 자세하게 관찰해야만 하는 일은 반드시 필요하긴 하다. 세부적인 사항까지 꼼꼼하게 알아야 어떤일의 시작부터 끝까지를 전부 다 파악하고 있다고 말할 수 있겠지. 현대 사회는 그야말로 전문가들로 이루어진 만큼 각자자신들이 맡은 분야에 대해서는 시쳇말로 아주 빠삭하게 알고 있을 것이다. 하지만 이러한 현상으로 인하여 어떤 한 집단에서 모든 일을 전체로 모두 이해하고 있는 사람은 오히려점차 줄어든다고 보는 것이 맞을 것이다.

나무를 보지 말고 숲을 보라고 말한다. 그런데 우리는 평생 하나의 나무 앞에서 그것만을 보면서 사는 경우가 많기 때문에 밖으로 걸어 나가 숲 전체를 볼 수 있는 기회를 가지기가 쉽지 않다. 그럴만한 여유가 없는 것은 사실이지만 그래도 자신에 대해서 자신의 인생에 대해서 무엇인가 확실한 답을 알고 싶거든 반드시 밖을 나가서 숲 전체를 보라고 말하고 싶다. 적어도 인생에서 한 번쯤은 필요한 일이라고 믿는다.

◆

우리는 자신의 현재 상황에 대해서 불평하는 사람들을 자주 만날 수 있다. 남들과 비교도 하고 지금 처지를 비관하고 눈앞에 보이는 것에 대해서 불만을 토해낸다. 나도 그런다. 매일 내 앞의 나무가 마음에 들지 않는다. 하지만 우리가 인생의 아주 단편적인 부분에 대해서는 이야기하고 있음을 알아야 한다. 조금만 물러서서 보아도 이 단편적인 부분은 그야말로 아주 작은 파트일 뿐이라는 것을 알게 될 것이다. 뒤로 가면 뒤로 갈수록 전체가 눈에 들어오기 시작할 것이며 전체로 보았을 때 그 단편적인 부분은 눈에 들어오지도 않을 정도라는 것을 느끼게 될 것이다.

2018 월드컵 독일전에서 우리는 후반 막판에 두 골을 성공

시켰다. 후반 마지막 5분 정도를 보지 않고 체념한 사람들이라면 그야말로 짜릿한 순간을 함께 하지 못한 것이다. 조앤 롤링의 『해리포터』는 열 곳이 넘는 출판사에서 퇴짜를 맞은 경험이 있다. 그 순간만을 본 사람이라면 그녀가 책을 출판할 수 있을 것이라고 생각조차 하지 못했을 것이다.

모든 것에 가깝게 눈을 들이밀고 보지 않으면 좋겠다.

글을 끝까지 읽어봐야
무슨 뜻인지 알 수 있다.
노래를 끝까지 들어봐야
여운을 느낄 수 있다.
영화를 끝까지 보아야
반전을 찾을 수 있다.

그리고 이렇게 전체를 보아야만 지금 내 나무가 숲의 어디쯤에 위치해 있는지를 알아낼 수 있다. 주변에 무엇이 있는지 상황이 어떤지 그리고 어떤 나무들 앞에 어떤 사람들이 있는지 몇 걸음 물러서기 전까지는 절대로 알아낼 수 없는 것들이다.

지나고 나서야 알게 될
내 인생의 아름다움이여

아침의 그런 현상도 저녁과 마찬가지로 노을이라고 부르는 줄 알지 못했다. 그래도 노을이라 하면 대부분의 경우 저녁노을을 떠올리게 된다. 과학적인 접근으로 이 현상은 크게 특별할 것이 없다 하지만 낭만의 낭 자도 모르고 하는 소리. 정말 아름다운 빛의 노을을 한 번이라도 경험해본 사람이라면 노을에 취할 수밖에 없을 것이다. 하지만 붉고 아름다운 노을은 언제나 볼 수도 없을 뿐더러 하루 중 정해진 시간에만 그것도 아주 잠시만 볼 수 있다는 점에서 더욱 가치가 있다 하겠다.

최근 즐겨봤던 TV 프로그램에서 한 노배우는 아름다운 노을을 보면 슬퍼져서 꼭 울어야 할 것만 같다고 말했다. 인생의 노년기를 보내고 있는 배우는 아마도 저무는 태양에서 자신의 인생을 보지 않았을까.

　누구나 한번쯤은 인생에서 찬란하게 빛나는 시기를 보낸다. 저 태양처럼 말이다. 하지만 정점을 찍은 후에는 내려올 수밖에 없는 법. 자연의 이치와도 맞닿아 있다. 그런데 생각해보면 이 아름답고 붉게 물든 노을은 아이러니하게도 인생의 정점에서는 볼 수 없다. 태양이 저무는 시간이 되어야만 그때 비로소 서서히 붉게 물들어가는 노을을 볼 수 있는 것이다. 혹 이것은 자연이 우리에게 주는 교훈은 아닐까.

정점에서 내려와

천천히 자신의 인생을 돌아보게 될 즈음에서야

비로소 아름다움을 뿜어낼

준비를 마칠 수 있다는.

낭만은 떨어지지만

과학적인 접근으로 본다면

나 같은 흠 많은 사람도

희망이 있다.

공기 중에 먼지나 수증기가 많을수록 더 붉게 물든 노을을 볼 수 있단다. 그래도 기회 정도는 있을 것 같아서 다행이다. 내 인생의 노을은 아직까지는 시간이 좀 있긴 한데 정점까지도 시간이 한참 걸릴 것만 같아서 걱정이긴 하다.

듣는 이 없어도
나의 이야기는 계속된다

　동네 코너자리 담벼락은 붙였다 떼어낸 테이프 자국으로 어지럽다. 정작 남아 있는 것은 아무것도 없는데. 무엇이 있었는지 누가 붙였는지 또 누가 읽었는지 아무도 모른다.

　손에서 손으로 옮겨지는 것들도 마찬가지다. 저마다 자신의 이야기를 담고는 있지만 너무 바쁜 세상 속에서 사는 우리는 그 짧은 이야기조차 담을 시간이 부족한가 보다.

　나와도 닮았다. 하고 싶은 이야기는 많은데 누가 나의 이야기를 진심으로 들어준 적이 있었던가. 아니, 내가 누구의 이야기에 진심을 담아 관심을 기울인 적이 단 한 번이라도 있었던가.

　아무도 읽어주지 않지만 저마다의 사연을 담은 전단지처럼 그렇게 수많은 이야기들은 오늘도 떠다니고 있다. 너의 이야기도 나의 이야기도.

내가 원하는 대로
나를 봐주는 건 아니더라

군을 전역할 때 나는 본의 아니게 15킬로그램 정도를 감량했다.

본의 아니게라고 말한 이유는 내가 굳이 빼려고 하지 않았는데 그냥 알아서 저절로 살이 빠졌기 때문이다. 실제로 군대에서는 매우 규칙적인 생활을 하므로 한 인간을 정상 체중으로 바꿔주는데 그래서 나는 살이 많이 빠졌다. 반대로 마른 사람들은 좀 쪄서 보기 좋은 몸으로 전역한다.

그 이후 한 달에 1킬로그램씩 살이 붙어서 거의 1년 안에 본래 나의 몸매로 돌아오고 말았다. 그리고 그 몸매를 찾은 것이 너무 반가워서일까. 수년째 그 몸매를 유지하던 어느 날

나도 다이어트라는 것을 한번 해보자 결심했다. 그래서 매일 1시간씩 걷기를 시작했고 약 세 달 만에 10킬로그램 정도를 감량했다. 그때 와이프는 임신 5개월 정도 되었고 살을 뺀 나의 몸매가 와이프와 비슷한 수준까지는 되었다. 그 전의 나는 거의 만삭의 몸매였다.

◆

꾸준한 운동으로 비교적 가뿐해진 몸으로 오랜만에 술자리에 나가 살 빠진 나의 모습을 모두에게 보여주고 싶었다. 그런데 웬걸 나를 보자마자 사람들은 모두 왜 이렇게 살이 쪘냐며 호들갑들을 떨었다. 아니 나는 지금 10킬로그램을 뺐어요, 라고 해봤자 아무 소용이 없었다. 분명 내가 살쪘을 때보다 훨씬 가벼워졌지만 아무도 나를 가볍게 보아주지 않았다.

그 이후 나는 꾸준한 다이어트는 하지 않는다. 그저 더 찌지만 않게 유지만 하고 있다. 반대로 와이프는 아이 둘을 출산한 이후에 전보다는 살이 쪄서 꾸준한 운동을 통하여 탄탄한 몸매를 만들었지만 사람들이 볼 때마다 살이 빠졌다며 한마디씩들 한다고 속상해한다. 누가 말했단다. 남편이 밥 다

뺏어먹냐고.

◆

　우리는 둘 다 너무 억울하다. 나는 살을 빼도 쪘다 하고 와이프는 살이 쪄도 빠졌다 한다. 심지어 한번은 살이 쪘는데 빠졌다는 말도 들어봤다. 보통 한 사람의 모습에 대해서 가지고 있는 선입견은 쉽게 바뀌지는 않는가 보다. 심각한 수준으로 바뀐 모습으로 나타나지 않는 이상 가볍게 물을 수 있는 사람의 겉모습에 대한 안부는 큰 관심에 기반을 두고 있는 않는 것이 확실하다.

　결론은 그래서 나는 그냥 산다. 내가 편한 모습으로 누가 살이 쪘냐 빠졌냐 물어도 그냥 똑같아요, 라고 말하며 산다. 그런데 사실 살아보니까 똑같은 거, 그게 제일 어려운 거다. 한결같은 사람 한결같은 몸매 한결같은 배. 주변 사람들이 어색해 할까 봐 혹은 못 알아볼까 봐 나는 나를 유지한다. 그게 나다. 그냥 나는 늘 똑같다.

사는 게 상처도 주고, 사랑도 받는 것 아니겠습니까?

전단지를 떼는 작업을 본 적이 있다. 대부분의 경우 남아 있는 전단지는 거의 없고 붙였다 떼어낸 얼룩을 없애는 게 관건이다. 우선 스티커제거 스프레이를 골고루 넓게 뿌려준 후 1~2분 정도 스며들 시간을 준다. 후에 끌칼로 삭삭 긁어주면 마법처럼 얼룩이 사라지면서 본래의 모습을 되찾는다.

얼룩이라는 단어는 얼룩말 얼룩강아지처럼 동물에게는 귀여운 뜻으로 쓰이는데 사람에게는 그렇지 않다. 나의 경우엔 특유의 칠칠맞지 못한 성격 탓에 옷 여기저기에 얼룩을 많이 만들고 다닌다. 어릴 적엔 어머니에게 지금은 아내에게 많이 혼난다는 말이다.

그래도 이렇게 겉으로 눈에 띄는 얼룩은 금방 눈치챌 수 있고 제거하기도 수월하다. 하지만 마음에 생긴 얼룩은 남들은 당연히 알아채지 못할 뿐더러 본인조차도 느끼지 못하는 경우가 많다. 사람과 사람이 어쩔 수 없이 부딪치게 되니 누군가는 누군가에게 상처를 주게 되기도 한다.

또 어떤 경우엔 스스로 마음을 닫아 얼룩이 생기기도 할 것이다. 물론 속으로 난 얼룩이라 당사자가 본인의 얼룩을 드러내기 전까지 알아낼 길은 없지만 그래도 그 사람의 표정이나 말투 행동 등을 유심히 관찰하면 평소와는 다른 점을 발견할 수 있다. 허나 마음의 얼룩에는 제거제를 뿌릴 수도 세제를 사용할 수도 없다. 켜켜이 쌓인 얼룩이라면 어쩌면 짧은 시간 내에 제거가 어려울 수도 있다.

◆

남이든 본인이든 어쨌든 사람으로 인하여 생긴 얼룩이라면 사람으로 제거하는 것이 옳다고 본다. 그것은 사랑이 정이 칭찬이 인정이 화해가 이해가 될 수도 있다. 얼룩의 기간과 종류에 따라 엄청나게 많은 종류의 제거 방법이 있을 수 있을 것이다. 결국 나 스스로가 나의 제거제가 될 수도 있고 남의 세제가 될 수도 있다는 뜻이다. 보잘 것 없는 나이지만 그래도 누군가의 얼룩을 없애는 제거제가 될 수도 있겠다 생각하면 나름 열심히 제거제답게 살아야겠다 다짐해보는 하루이다.

오 징 어

〉

술안주로 오징어를 질겅질겅 씹어 먹고

후식으로 껌을 쫙쫙 씹은 다음 날

하품하기도 힘들 정도로 턱이 아파 후회한다

인생이 그런 거다

그렇게 씹어대면 결국 다 나에게 돌아오게 되어 있는 거지

좋은 게 좋은 거라고,
다 생각하기 나름인 게죠

하루 중 4시 44분을 볼 기회는 딱 두 번 뿐인데 나는 거의 매일 이 시간을 우연히 마주친다. 처음에는 재수 없어 퉤퉤퉤 했는데 매일 보다 보니까 아 이건 재수가 없는 게 아니라 오히려 재수가 있는 걸 수도 있겠다 생각이 들더라.

뭐 그런 거지 뭐. 내가 운이 좋다고 생각하면 운 좋게 가는 거지 뭐. 어차피 내 기분대로 사는 인생인데 좋은 게 좋은 거라고 치지 뭐.

누가 속도보다 방향이 더
중요하다고 했는가

워낙 급한 성격 탓에 뭐든지 무조건 빨리빨리를 선호했다. 일도 빨리 하고 밥도 빨리 먹고 술도 빨리 마시고 샤워도 빨리했다. 덕분에 매우 편안한 군 생활도 보낼 수 있었다. 그런데 쉽게 지치기 시작했다. 빨리 한 만큼 빨리 지치는 것은 너무나도 당연했다. 육체와 정신이 빨리빨리를 점점 따라가기 힘들어지는 것을 애써 외면하고 있었겠지.

그러던 즈음에 인생은 속도가 아니라 방향이라는 말을 들었고 난 충격을 받았다. 그래 속도가 중요한 게 아니었어. 이런 바보, 제대로 된 방향을 잡는 것이 우선이었어. 그리고 나는 속도를 줄이고 더욱 정교한 방향을 잡고 인생을 살기 시작했다. 그런데 더욱 큰 충격에 빠졌다.

어디로 가든지 상관없이

거기에는 나보다 빠른 사람들이

항상 존재했다.

제대로 된 방향만 잡으면

될 줄 알았는데 역시 속도는

중요한 것이었나.

내가 인생을

너무 얕잡아 봤구나.

그럼 그렇지. 그래서 인생에는 정답이 없다고들 하는 거겠지. 인생의 마지막 순간 속도도 멈추고 방향도 잃었을 때쯤 되면 정답의 힌트 정도는 알게 될까.

얼마나 많은 상처가
켜켜이 쌓였나

몇 해 전 굳은살 박인 세계적인 발레리나의 발이 화제가된 적이 있다. 아름다움과 성공 뒤에는 이러한 끊임없는 노력과 피나는 연습이 바탕이 되었던 것이다. 한 분야에서 성공을 이룬 장인들의 경우 손이나 발에 굳은살이라는 훈장을달고 다닌다. 피부에 반복적인 압박이나 마찰에 의하여 생기는 굳은살, 그만큼 자신의 분야에서 수많은 반복을 해왔다는증거이다.

나도 굳은살이 한 군데 있기는 한데 아마 대부분의 여러분들도 가지고 있는 부위일 것이다. 바로 오른손 중지 첫마디안쪽인데 손글씨를 좋아해서 유일하게 이 부분에만 굳은살이 돋았다. 그마저도 요샌 스마트폰으로 글을 써서 굳은살이 점점 연해지고 있는 중이다. 아 생각해보니 정말 단단하게 굳은살 박인 곳이 있는데 바로 나의 마음이다.

그간 사회생활을 하면서 말랑말랑했던 이 부위에 몇 겹의 굳은살이 박였는지 알지도 못하겠다. 처음엔 상처받고 서운했고 힘들었던 마음은 굳은살이 박이고 박여 뭐 하나 찔러도 들어갈 만한 틈이 없을 정도가 되어 버렸다. 그래서 이젠 웬만한 일에는 눈도 깜짝하지 않는 강철 같은 마음이 되어버렸다. 어쩌면 내 스스로 그렇게 반복적인 훈련을 시켜 굳은살을 만들어낸 것인지도 모르겠다. 그런데 이게 잘 사용하면 좋은데 혹 다른 사람에게 상처를 주지 않을까 걱정이다.

스스로 별거 아니라 느끼는
말이나 행동이
아직 굳은살 덜 박인 사람들에게는
상처가 될 수도 있으니까 말이다.
어쩌면 이미
누군가에게 그렇게 했는지도 모르겠다.

오늘이 가기 전 주변 사람들에게 안부 문자라도 돌려야 할까보다. 내 마음의 굳은살도 점점 연해지도록 말랑말랑하게 살아보도록 노력해봐야겠다. 너무 늦기 전에 말이다.

사람인지라
원하는 것을 다 가질 순 없지

　살다 보면 어쩔 수 없이 포기해야 하는 순간이 옵니다. 그런데 그게 참 어려워요. 전부 다 들고 가는 것보다 하나씩 하나씩 놓아주는 것이 훨씬 더 많은 용기가 필요하지 싶어요.

　단어를 좀 바꿔보죠. 포기라고 부르지 말고 그저 잠시 놓아준다 생각하면 어때요. 풍선에 줄을 매달아놓고 그저 잠시 내 손에서 놓아주는 거예요. 나중에 다시 생각나거든 지금 다시 해볼 수 있는 여유가 생기거든 줄을 잡아 당겨서 풍선을 확인해보세요. 그 풍선에 아직도 바람이 가득 차 있다면 그때 다시 시작해보세요.

이미 날아가버린 풍선은

어쩔 수 없을 것 같아요.

어차피 두 손에 쥘 수 있는

풍선의 개수는 한정되어 있잖아요.

그렇게 하나씩 하나씩

놓아준 것들을 다시 확인하면서

내가 해볼 수 있는 것들을

해보는 거예요.

그저 잠시 놓아주는 것뿐이에요.

복잡할 땐 떠올리자.
어차피 이거 아니면 저거니까

　　인생은 복잡하다. 어떤 일의 시작도 과정도 모두 다 복잡하기만 하다. 하지만 의외로 결과는 간단한데 어차피 끝은 예스 아니면 노다. 아무리 어렵고 복잡하고 풀리지 않을 것 같은 문제도 결국 예스 아니면 노가 답이다. 한다 안한다 된다 안된다 간다 안간다…이렇게 간단하게 끝나는 결과인데 과정이 복잡하면 너무 억울한 노릇이다. 최대한 심플하게 생각하고 결정을 내려 보자 할거면 하고 안 할 거면 안한다는 식으로. 심플한 생각이 당면한 문제를 오히려 더 쉽게 만들 수도 있다. 하다 보면 뭐라도 하겠고 되다 보면 뭐라도 되겠지 않나. 머릿속을 최대한 비워보자.

인생 자체가 원래
내 마음대로 안 된다

　인간이기에 누구나 실수할 수 있다. 하지만 실수를 해도 제대로 실수해야 한다. 열과 성을 다한 이후에 실수해야 자신이 무엇을 잘했고 무엇을 잘하지 못했는지 명확하게 깨달을 수 있다. 동일한 실수를 반복하는 행위는 어디에서든 이해받기 쉽지 않기 때문에 실수를 차차 줄여 지속적으로 발전하는 모습을 보여주어야 한다. 결국 그것은 나 자신을 위한 길이다.

　마음대로 사는 인생?
　인생 자체가 마음대로 안 된다.

지난 세월 앞만 보고 달려왔던 나의 친구는 최근 회사를 그만두고 재충전의 시간을 가졌다. 주변에서도 그동안 열심히 일했으니 잠시 쉬웠다 가도 괜찮다 말했고 그 역시 같은 생각이었다. 하지만 휴식을 끝내고 새로운 직장으로 옮기자마자 사건이 하나 터져버려 곤란한 상황에 처하고 말았다. 물론 그 사건은 그와는 전혀 관계가 없지만 새로운 출발을 하려는 시점부터 뭔가 일이 꼬인 것만 같은 기분을 그도 느꼈을 것이다.

◆

뒤늦게 소식을 접한 나는 그에게 안부를 물었고 그는 애써 괜찮다며 오히려 걱정하는 나를 안심시켰다. 그러면서 자신은 이 혼란의 시기를 잘 견뎌내고 오겠으니 조만간 술 한잔하며 이야기하자고 했다. 내가 딱히 어떤 조언이나 충고를 해야 할 정도의 사람도 아니라서 난 그냥 우리 모두 언젠가는 어디서든 겪는 혼란의 시기이니 잘 버텨내고 툭툭 털어내자 말했고 그 역시 그러겠노라 말했다. 인생이 어디 뜻대로 되는 것이었냐, 우리는 서로 말했지만 그렇다고 그 누구도 낙심하지는 않았다. 인생의 쓴맛 단맛의 사이클을 경험했고 충분히 이해하고 있는 우리가 이런 일에 더 이상 흔들일 이유는 없으니까.

인생이란 사람이 세상을 살아가는 일이다. 사람도 알고 세상도 알겠는데 일이 문제다. 여기에서 일은 좋은 일도 나쁜 일도 모두 포함하고 있다는 것을 우리는 잘 인정하려 들지 않는다. 물론 경험을 통하여 결국은 뼈저리게 느끼게 되지만. 이것을 아주 편안한 마음으로 받아들이게 된다면 인생을 사는 것이 그야말로 편해진다. 하지만 어디 이게 쉬운 일인가. 나의 친구가 겪고 있는 혼란을 포함하여 고통, 이별, 실패, 포기 등의 일을 그 누가 자연스럽게 받아들이며 살아갈 수 있단 말인가.

인생은 한 번뿐이다. 그래서 한 번뿐인 인생 즐기며 살자고 말하는 소위 욜로 마인드가 유행하고 있기도 하다. 올지 안 올지도 모르는 미래의 불확실한 행복을 위하여 지금의 행복을 포기하느니 차라리 지금 주어진 행복을 누리며 살겠다 말한다. 사실 이 욜로라는 말은 2011년 미국 한 래퍼의 노래 가사에서 나온 말인데 당시 미국에서는 약간 될 대로 되라는 식의 마인드를 표현할 때 사용되곤 했었다. 즉 무엇인가를 스스로 포기하고 그 시간에 인생을 즐기겠다는 조금은 막나가는 의미가 있었다면 지금의 대한민국에서는 어쩔 수 없이 무엇인가를 포기하게 되어서 포기한 것이 가져다줄 수도 있었을 미래까지도 포기하게 되는 상황에서 이 말이 쓰인다. 당연히 현재의 상황에 집중하게 되고 어쩔 수 없이 지금을 즐길 수밖에 없는 것이리라. 너무나도 씁쓸한 인생의 변화이지만 이것은 지금 우리의 현실이기도 하다.

◆

내 마음대로 인생을 살아야 한다고 말하는데 이건 진짜 역설적인 말이다.

> 인생 자체가 내 마음대로 되는 것이 아닌데
> 어떻게 인생을 내 마음대로 살라는 말인가.
> 그렇다고 욜로의 원래 뜻대로
> 그냥 막나가는 인생을 살라는 것도
> 아닐 텐데 말이다.
> 결국에 이 말은

> 나의 소신대로 인생을
> 살아야 한다는 말이지 않을까.

　어차피 인생에는 그 어떤 지침서도 존재하지 않는다. 아 물론 인생에 대해서 이야기하는 많은 전문가들과 그들이 집필한 수많은 서적들이 있기는 하지만 그것이 나라는 사람에게 100퍼센트 딱 들어맞을 것이라 누가 이야기할 수 있는가. 결국엔 나를 가장 잘 아는 나 스스로가 만든 길 위에서 나의 인생을 가야 한다는 말이다. 당연히 그 길 위에는 좋은 일도 나쁜 일도 항상 만나게 될 것이다.

　조만간 친구와 술자리를 마련할 것이다. 무거운 주제로 앞으로의 방향이나 그의 인생길, 소신 따위를 묻지는 않을 것이다. 그저 지나온 인생길 그가 얼마나 잘해왔는지 다시 한번 떠올려주고 그것을 바탕으로 남은 인생길 충분히 잘 걸어갈 수 있을 거라 그가 스스로 생각할 수 있다면 그것으로 충분하다. 우리는 늘 그래왔고 앞으로도 그럴 것이다. 험난한 인생길 잠시 쉬어가고 싶은 지점이 있다면 우리는 언제든지 그곳에서 서로를 기다리고 있을 것이다.

이 름

모든 것에는

그에 걸맞은 이름이 있죠

생김새를 나타내기도 하고

쓰임새를 뜻하기도 하고

우리가 전혀 몰랐던

숨은 역사가 있기도 하죠

우리는 어때요

우리는 과연 우리 이름의 뜻대로

살고는 있는 것일까요

뭐, 다른 거 없습니다.
파이팅합시다

    살다 보면 그야말로 여러분들을 만나게 되는데 육체로 일하시는 분들이나 서비스업에 계신 분들과 주로 많은 인연을 맺게 됩니다. 물론 저도 자영업을 하고 있습니다만 제가 어떤 서비스를 받는 입장일 경우엔 그 일의 시작과 끝에 감사의 인사를 드리는 것이 너무나도 당연하다 생각하여 반드시 챙기곤 하는데 그 인사말이 저에겐 쉽지가 않습니다.

    대한민국이라는 동방예의지국에선 수고하세요라는 인사는 좀처럼 어울리지 않습니다. 이게 저에게는 큰 고민거리입니다. 저는 그분들 모두에게 손윗사람이건 아랫사람이건 상관없이 수고하세요라고 인사를 드리고 싶은데 이런 인사는 앞으로 더 고생을 하라는 뜻으로 전달될 수 있으니 어떤 상황에서도 적절하지 않다는 겁니다.

안녕하세요나 안녕히 가세요는 너무 상투적인 인사처럼 들리고 감사합니다는 너무 당연하게 들립니다. 그래서 저는 항상 수고하세요라고 인사를 드리는데 무슨 저주를 담아서 앞으로 더 고생하시라는 뜻을 전달하는 것은 당연히 절대 아닙니다. 이런 인사가 적절하지 않다는 것 또한 저도 잘 알고 있습니다. 그럼에도 불구하고 저는 이 수고하세요라는 인사를 하는 것에도 익숙하고 물론 받는 것에도 아주아주 익숙합니다.

◆

살면서 여러 일을 해보았고 여러 사람들을 겪어본 경험 때문에 아마도 제가 이 인사를 놓지 못하는 것 같은데 제가 드리는 이 수고하세요라는 인사에는 나름의 제 마음이 담겨 있습니다. 우선 잠시 언급을 드린 것과 같이 너무 상투적인 인사로는 고마운 제 마음을 전하는 데 한계가 있습니다. 그리고 가장 큰 이유는 비슷한 일을 해본 사람으로서 오늘 남은 하루도 아니 앞으로 일할 시간 동안 얼마나 더 많은 어려움과 수고스러움을 겪으셔야 하는지 제가 잘 알기 때문입니다.

열심히 일하셨고 또 일하셔야 하는 분들에게 앞으로 힘든 일이 있을 수도 있겠지만 그래도 힘내서 견디고 넘겨서 좋은 날을 맞이하면 좋겠다는 제 작은 마음을 담고 있습니다. 물론 수고하셨습니다는 조금은 더 적절한 인사도 가능하겠지만 한 번 스치는 인연일지라도 물론 제가 무엇도 아닙니다만 그분들의 앞날을 축복하는 소소한 마음도 표현하고 싶을 뿐입니다.

◆

네 알아요 압니다. 이런 인사는 어울리지 않는 경우가 더 많다는 것을 잘 알아요. 또 모든 상황에서 저의 마음을 하나하나 설명할 수 없다는 것도 압니다. 그래서 고민입니다. 이 수고하세요를 대체할 다른 인사가 있는지. 저의 마음을 전달할 수 있는 그 어떤 인사말을 해볼 수 있는지. 도대체 뭐라고 인사를 드리는 좋을까요. 그냥 구구절절 제 마음을 다 설명 드릴까요 아니면 그냥 짧지만 강렬하게 파이팅 이래버릴까요.

좋은 시절도 나쁜 시절도
다 지나간다

이 세상에 영원한 것은 없다. 최근 5년간 가장 절실하게 깨달은 진리는 바로 이것이다. 물론 인간은 죽음이라는 절대 해결할 수 없는 불변의 결론을 가지고 있지만 이것을 차치하더라도 나의 탄생에서부터 지금까지 영원하게 지속된 것은 아무것도 없었다. 영원히 영원한 것이 없다는 것을 경험하는 와중에 내가 습득하게 된 기술은 끝을 예측하거나 미래를 대비하는 것이 아니었다.

◆

그 기술은 바로 까불지 않는 것이었다. 소위 잘 나갈 때 잘 될 때 사람은 나도 모르게 까불게 된다. 의도했던 의도하지 않았던 주변 사람들에게 상처를 주기도 하지만 인식하지 못하는 경우가 더 많다. 대개 그런 경우엔 앞만 보고 달리기 때문에 뒤는 물론이고 옆도 잘 챙겨보지 않는다. 주위 사람들이 나를 어떻게 생각하는지 혹은 내가 주위 사람들에게 무슨 짓을 하고 있는지 등은 열심히 달리는 사람들에겐 장애물일 뿐일 것이다.

나 역시 그렇게 달리던 시절 자신감이 차올라 더 이상 담지도 못하던 시절 매우 까불고 다녔다. 그 당시에는 몰랐지만 돌아보니 그랬다. 옆을 보기는커녕 더 빨리 달려 날아오르고 싶었다. 만약 타임머신을 타고 그 시절로 돌아갈 수 있다면 과거의 나에게 작작 좀 까불고 다니라고 얘기해주고 싶다. 까불지 않고 달렸다면 옆도 보고 뒤도 헤아리면서 달렸다면 오히려 그랬다면 끝을 예측하고 미래를 대비하는 데 훨씬 더 많은 도움이 되었을 것이다. 하지만 까불지 않는 것이 또 이런 혜택을 위한 편법이 된다면 그것은 진정으로 까불지 않는 것이 되지 않을 수 있다. 내가 까불지 않기 위해 까부는 것으로 느껴질 수도 있다는 뜻이다.

◆

　나는 진정으로 까불지 않는 사람이 되고 싶다. 인생에서 영원한 것이 없다는 것을 절실하게 느끼고 있는 최근에는 더욱 더 까불지 않는 사람이 되고자 희망한다. 어떤 노력이 더 뒷받침 되어야 하는지 아직까지는 잘 모르겠지만 까불지 않는 것에 나의 모든 진심이 담겨야 한다는 사실만은 확실하다.

저장된 번호를 누르면 사장님께서 받으시고 내가

네 사장님이라고 말하면 그쪽에서도 네 손님이라

고 말한다. 매주 같은 메뉴를 같은 시간에 시키기

때문에 우리 사이에 긴말은 필요치 않다.

•2장•

썩소라도, 웃으면 그만
아니겠습니까?

자 생각해봅시다.
오로지 혼자가 되는 당신만의 순간을

매일 아침 출근길 내가 타는 버스는 환승역을 지난다. 환승
역답게 내리는 사람들이 워낙 많아 몇 정거장만 버티면 원하
는 자리를 골라 앉을 수 있다.

나는 주로 버스 이동 방향의 우측에 자리를 잡는데 그 이유
는 정류장의 사람들을 구경하기 위해서다. 매일 거의 비슷한
시각에 버스를 타므로 자주 보는 반가운 얼굴들도 좋고 바쁘
게 일상을 살아가는 타인의 모습을 차창 넘어 TV 보듯이 관
찰하는 일도 재미있다.

◆

여러 자리 중에서도 허락된다면 우측 맨 앞자리를 선호하는데 시원하게 뚫린 앞창을 통해 바라보는 도로의 풍경은 매일 아침 피곤하다고 푸념하는 내 자신에게 주는 선물과도 같다. 난 지금 분명히 출근하는 길이지만 마치 어디론가 훌쩍 떠나버리는 것만 같은 기분을 잠시나마 들게 해준달까.

우선 자리에 앉으면 내리기까지 약 40여분 남짓한 시간 동안 나는 그야말로 아무것도 하지 않는다. 폰도 꺼내지 않으며 음악도 듣지 않고 여러 사람들을 보며 생활의 소음을 즐긴다. 어차피 버스에서 내리면 출근과 동시에 노동의 시작이니까 그 전까진 일을 생각하지 않는다. 그렇다고 흔들리는 버스 안에서 글을 쓰기도 애매하며 책을 읽으면 난 멀미를 한다. 어차피 아무것도 할 수 없는 몸이다.

◆

아침 출근길 버스에 타서 내리기까지는 하루 일과 중 내가 유일하게 홀로되는 순간이기도 하다. 아는 사람도 없고 누구와 애써 이야기하지 않아도 되고 굳이 무엇을 생각하려 노력하지 않아도 되는 말하자면 가만히 있어도 삶의 행렬에서 뒤

처지지 않을 편안한 순간이다. 누구든지 출근은 할 테니까 이 시간이 낭비도 아니다. 다소 역설적이지만 나는 매일 출근길 대중교통을 이용하며 이런 행복한 느낌을 받는다.

때론 이 기분에서 빠져나와 하차 벨을 누르는 순간이 너무나도 싫다. 이대로 시내를 한 바퀴만 더 돌고도 싶고 목적지가 아직 10정거장 정도 더 남았으면 희망하기도 한다. 하지만 어쩌겠는가. 나는 곧 내려야 하고 다시 오늘을 살아갈 생존지에 도착해야만 하는 것을.

누군가는 퇴근길이 더 좋지 않으냐 물을 수도 있지만 모르시고 하시는 말씀. 퇴근길은 이런 거 저런 거 다 빼고 만원버스에 시달려도 원래 좋은 법이다. 그래서 나는 애써 출근길을 즐기고 있는지도 모른다.

문

모두 잠든 깜깜한 밤

몰래 문을 열어본다

빠르게 위 아래로 스캔하지만

딱히 마음에 드는 놈을 찾지 못한다

그때 뒷골이 서늘해짐을 느낀다

겁에 질려 차마 뒤 돌아볼 수가 없어

그 자리에서 얼어버린다

문 닫아라 문 닫으라고

나는 조용히 냉장고 문을 닫고

노려보는 와이프를 고개를 떨군 채 지나

예쁘게 방으로 들어간다

일상의 시작점에 서서

　매주 월요일 저는 병에 걸려요. 어쩌면 이미 어제 저녁부터 앓고 있었는지도 모르겠네요. 월요일이 가장 심하고 차차 나아지다가 목요일부터 매우 좋은 컨디션으로 돌아오긴 해요. 하지만 일요일 저녁쯤이 되면 어김없이 몸과 마음이 다시 아파지기 시작하네요. 주변의 여러 사람들에게 이 병의 치료 방법을 물었더니 토요일 일요일에 잘 쉬어야 한다고 하더군요. 가벼운 운동도 해봤고 취미생활도 즐겨봤고 여행도 가봤고 아무것도 하지 않고 무작정 쉬기도 해봤어요. 그래도 월요일이면 어김없이 찾아오는 이 병을 막을 방법은 없었어요.

　그러던 어느 날 월요병의 치료법을 발견하게 된 사건이 일어났어요. 급하게 터진 일을 해결하러 일요일에 출근해서 하루 종일 일했더니 다음 날 신기하게도 월요병이 찾아오지 않았어요. 대단하죠. 대신 골병이 났어요. 하나를 내어주고 다른 하나를 얻었네요. 그다음 주부터는 다시 월요병을 앓게 되었죠. 아마도 저에게 일터가 존재하는 한 이 병을 치료할 수 있는 방법은 없겠죠? 월요일이 존재하는 한 인류가 해결해야 할 중대한 미스터리 중 하나로 남겠죠? 혹시 여러분들 중에 이 병의 치료법을 알고계신 분 계신가요? 저처럼 무식한 방법 말고 이 병을 말끔하게 제거하는 방법 말이에요.

그럴 수도 있지,
그럴 수도 있겠다

몇 년 전 술자리에서 친구놈의 고민을 들어준 적이 있다. 나와는 워낙 다른 상황인지라 백프로 이해하기는 힘들었다. 결국 나는 솔직하게 전부 이해는 못하지만 일부는 이해하겠다 말했는데 어떻게 그걸 이해하지 못하냐며 핀잔을 듣고 말았다. 그 후에 다른 친구와 비슷한 상황에서 무슨 상황인지 전부 이해할 수 있겠다 말했고 그것은 진심이었다.

하지만 돌아온 대답은 네가 어떻게 이걸 이해할 수 있냐는 말이었다. 이해라고 하는 것이 이렇게나 힘든 것인 줄 그때 처음 알았다. 그 이후부터는 말을 조금 아끼게 되었는데 그렇다고 진심으로 듣지 않았거나 관심이 없었다는 것은 절대 아니다. 오히려 그렇게 말한 친구놈들의 대답을 더 이해하게 되었다는 말이 맞겠다. 그러니까 누가 어떤 상황에 처하든 나의 이해에 핀잔을 주든 상관없이 그럴 수도 있다는 조건하에 생각하게 되었다.

◆

살아가면 갈수록 나오는 다른 생각과 행동을 가진 사람들이 정말 너무나도 많다는 것을 알게 된다.

> 옳고 그름의 문제가 아니라
> 같고 다름의 문제다.
> 그럴 수도 있지, 라는 생각을 먼저 바탕에 깔고
> 모든 것을 바라보면
> 정말로 신기하게 모든 일들을
> 대수롭지 않게 넘길 수 있는
> 힘을 얻게 된다.

그렇다고 범법 행위나 양심에 어긋나는 행동까지 모두 포함하지는 않는다. 그저 전에는 다소 이해가 어렵다고 느끼던 말과 행동도 그럴 수도 있겠구나 생각해보면 진짜 그럴 수도 있을 것만 같다는 생각이 들게 된다는 뜻이다. 나 역시 흠이 많고 부족한 점이 많은 사람인데도 이렇게 남들과 큰 마찰 없이 살고 있는 것을 보면 내 주변에도 나를 이런 식으로 이해 해주는 사람들이 많다는 뜻이라 해석할 수 있을 것이다. 화나고 짜증나는 일이 많은 요즘 여러분들도 이렇게 한번 생각해 보면 좋겠다. 그럴 수도 있지 그럴 수도 있겠다. 다른 생각과 행동은 다른 것이지 틀린 것이 아니니까 충분히 그럴 수도 있고 남을 일이 되고 말 것이다.

스 트 레 스

스트레스는 결국 내가 키워내는 것

물론 그 씨앗은 외부에서 나에게 전달되긴 하지만

그것을 받아들이는 내가

그것이 별거 아니라 생각한다면

스트레스는 내 안에서 열매 맺을 방법이 없다

누군가 툭 던진 별거 아닌 씨앗에

스스로 걱정이라는 물을 주고 고민이라는 거름을 주어

스트레스가 내 안에 피어나게 할 수는 절대 없지

누군가에겐 내 일상도
특별한 추억이 된다

　나의 일터는 관광 지역 언저리에 끼어 있어서 각 나라에서
온 여러 관광객들을 심심치 않게 만난다. 내가 가장 신기하다
고 느낀 것은 그들이 나의 일터 주변에서 사진을 찍어대는 모
습이다. 일터 주변은 별거 없는 그저 그런 모습의 장소일 뿐
인데 관광객들은 그곳을 배경으로 아름다운 추억을 만들고
있다. 나에게는 생존을 위한 일터이고 그 주변은 생존을 위한
취식이나 휴식을 취하는 곳일 뿐이지만 그들에게는 전혀 새
로운 미지의 장소가 되는 것이다. 하긴 역으로 생각해보면 내
가 처음 가본 외국의 어떤 뒷골목 쓰레기통 주변도 나에게는
전혀 새로운 느낌을 주기에 충분하니까.

그래서 나는 내 주변을 찬찬히 돌아보기 시작했다. 물론 그렇게 한들 그들의 시선으로 주변을 느낄 가능성은 없었지만 그래도 주변에 대한 존재감은 확인할 수 있었다. 나같이 정신없이 살아가는 사람들에겐 외면받아 왔지만 여유를 가진 사람들에겐 가치가 있다면 그 나름대로 존재의 가치가 있는 것이지 않겠나. 한편으론 내 주변에게 미안한 마음도 들었다. 그래도 그들이 나의 주변에 존재하여 내가 그동안 큰 무리 없이 일터에 생존할 수 있던 것은 아닐까 생각해보기도 한다.

한때는 지옥이 있다면 바로 이런 곳이 아닐까까지도 생각했던 일터와 그 주변에 나는 여전히 생존하고 있고 누군가는 그 주변에서 오늘도 추억을 만들고 있다. 언젠간 나도 추억으로 이곳을 찾아오는 날이 있기를 바라본다. 생존의 마음이 아니라 여유만을 가진 채로.

비슷한 듯 다른
당신이란 사람

40여 년 인생을 살아오면서 이 세상에는 정말로 다양한 종류의 사람들이 존재하고 있다는 것을 매일매일 깨닫는다. 전에는 그래도 비슷한 종류의 사람들은 비슷한 생각을 하고 살겠거니 했는데 그건 나만의 착각이었다. 좋은 방향이든 나쁜 방향이든 비슷한 순간은 분명 존재하지만 처음부터 끝까지 같을 수는 없다. 나의 탄생부터 지금까지의 인생을 선으로 그린 후 그것을 다른 사람의 것과 비교했을 때 완벽하게 일치하는 경우는 절대 절대 발생하지 않을 거라는 뜻이다.

이렇게 본다면 나라는 존재는 이 지구상에 존재하는 유일무이한 사람이다. 우주에는 나와 똑같은 또 다른 세상이 존재

할지 어떨지는 모르겠으나 최소한 이 지구상에서 나와 똑같이 생긴 사람이 나와 똑같이 생각하고 행동하는 일은 찾지 못할 것이다. 자 그렇다면 나는 정말로 특별한 사람이 아닐 수 없다. 나는 최초로 태어났으며 내 생각과 행동은 누구와도 같지 않다.

그러므로 우리 모두는 각자 자신에게 자부심을 가지고 살아야 한다. 내가 죽으면 나와 똑같은 누군가는 더 이상 존재하지 않을 테니까 말이다. 여러분들도 매순간 기억하기 바란다. 나는 최초이고 특별하며 유일무이하다. 따라서 여러분 모두는 각자 스스로를 충분히 믿어도 좋다.

동 안

어렸을 땐

노안이라는 말이 기분 나쁘지 않았다

어차피 젊었으니까 전혀 상관없었다

늙었을 땐

동안이라는 말이 기분 좋지 않다

어차피 늙었으니까 매우 신경 쓰인다

사소한 반항

여보 내가 아무것도 하지 않고 그저 멍하니 TV를 보는 취미를 가지게 된 이유는 따로 있어. 그 시간만이라도 타인의 생각을 편안하게 객관적으로 즐겨보고 싶기 때문이야. 사실 매일매일 하루 종일 잘 돌아가지도 않는 머리를 굴리며 사는 게 벅차거든. 그래서 쉬는 시간만이라도 아무 생각 없이 그냥 있고 싶은 거야. 멍 때리는 거 알지? 그게 나한테는 제일 큰 도움이 되거든. TV는 내 생각이 필요하지 않잖아 그저 자기네들끼리 알아서 말하고 움직이고 하잖아. 그래서 그런 거야. 어때요 이걸로 와이프를 잘 설득해 주말에 TV 앞 소파를 사수할 수 있을까요?

적절한 순간에
적절한 선택을 했을까?

    나는 야구를 좋아해서 시즌 중에는 하루도 빼놓지 않고 야구 중계를 시청한다. 경기장도 한 달에 두세 번 정도 찾아서 목이 터져라 응원한다. 야구는 경기장에서 보는 게 그만이지만 티비 중계로 봐도 전문지식을 갖춘 해설 위원들의 설명에 나름 보는 재미가 쏠쏠하다. 특히 느린 화면을 보여주며 플레이 하나하나를 세밀하게 분석해주는 부분이 마음에 든다.

◆

    타자가 안타를 치고 1루를 지나 2루로 뛰고 있을 때 외야

수비수는 공을 잡고 있는 힘을 다해 2루로 던진다. 날아가는 공의 속도는 주자의 다리보다 훨씬 더 빠르므로 2루 안착 여부는 끝까지 알 수 없다. 다급해진 2루수는 손을 최대한 뻗고 글러브를 내밀어 1초라도 더 빨리 공을 잡아 주자를 태그하려는 플레이를 보여준다. 하지만 결과는 세이프. 주자의 성공이다. 간발의 차이였지만 주자의 발이 베이스에 먼저 도착했고 후에 태그가 이루어졌다. 느린 화면이 나오며 해설이 이어진다. 말했다시피 공의 속도가 발이나 손보다 훨씬 더 빠르므로 수비수는 손을 뻗는 대신 공이 날아올 거리를 더 만들어주었어야 했다는 것이다. 그랬어야 조금이라도 시간을 더 줄여 공을 잡고 주자를 태그할 수 있었다는 말이다.

1초도 안 되는 시간 내 결정되는 플레이의 경우 찰나의 순간을 결정하는 타이밍이 정말로 중요하다. 내 인생이 야구 같지는 않으므로 그리고 내가 1초 이내에 판단하고 결정해야 하는 상황이 많지는 않으므로 비교적 여유가 있기는 하지만 그럼에도 불구하고 적절한 타이밍을 맞춰왔는지는 의문이다. 충분히 주자를 잡아낼 수 있음에도 섣부른 판단으로 손을 미리 뻗어 결과를 그르친 것은 아닐지 그 주자를 잡아냈으면 경기의 결과를 바꿀 수도 있지는 않았을지. 결과론적인 문제이므로 정답을 알 수는 없지만 모두 옳은 타이밍을 판단해왔다고 자부하지는 못하겠다.

오늘 역시 고심한다. 지금이 손을 뻗을 타이밍인지 기다릴 타이밍인지를.

이제야
이 사실을 알다니

　나는 치킨을 좋아한다. 사랑한다. 아니 더 강렬한 표현이 있다면 무슨 말로든 치킨에 대한 나의 마음을 보여줄 준비가 되어 있다. 지금의 아내와 연애 시절 가끔씩 치킨을 먹을 때면 아내는 나에게 날개 부위를 절대 허락하지 않았다. 날개를 먹으면 바람을 피운다는 우스갯소리를 꽤나 진지하게 받아들여 치킨을 먹을 때마다 반드시 실천에 옮겼다. 정작 본인은 날개를 먹으면서 말이다.

　지금도 나는 토요일 늦은 밤마다 반드시 치킨을 배달시켜 먹는다. 일종의 나만의 의식이 되었달까. 아무튼 일주일 중 가장 중요한 시간이기도 하다. 저장된 번호를 누르면 사장님께서 받으시고 내가 네 사장님이라고 말하면 그쪽에서도 네 손님이라고 말한다. 매주 같은 메뉴를 같은 시간에 시키기 때문에 우리 사이에 긴말은 필요치 않다.

아 결혼을 하고 나서야 알게 되었는데 사실 아내는 치킨을 좋아하지 않는다고 했다. 치킨을 숭배하는 나를 위해서 같이 먹어준 것뿐이라고. 눈물 나게 너무 고마웠다. 왜냐하면 그때부터 나 혼자서 치킨 한 마리를 다 먹을 수 있었기 때문이다.

이게 바로
나의 낭만인 것

비가 안 온다고 걱정들을 하더니 이제는 또 비가 너무 많이 온다고 난리들이다. 어쩌다 한 번씩 오는 비이기에 반가운 것은 사실이지만 장마철에 이렇게 많은 비를 보는 건 그리 유쾌한 일은 아니다. 요즘은 과학의 발달로 억지로 비를 내리게도 할 수 있다고 하던데 그 정도로 비가 우리에게 필요하다는 뜻이겠지. 그저 큰 피해 없이 필요한 곳에 도움만 되었으면 하고 바랄 뿐이다.

생각해보면 비는 우리에게 조금은 특별한 존재가 아닐까 한다. 비에 대한 노래도 많고 비에 얽힌 개인적인 추억들도 많은 것을 보면 말이다. 애주가의 한 사람으로서 오늘같이 비가 내리는 날에는 막걸리에 파전이 매우 심하게 그리운데 이 역시 흐린 날 우리 몸이 밀가루의 성분을 필요로 하기 때문이라나 뭐라나. 하긴 기우제 역시 불을 피우는 행위가 비를 내리는 데 도움이 되는 과학적인 근거에 바탕을 두고 있단다. 과학 좋다. 다 알겠는데 과학에 무지한 나는 그냥 이런 것들은 몰랐으면 한다.

비를 간절히 원하는 마음이 하늘에 닿아 비가 내린다거나 비 핑계로 그저 그리운 벗들과 한잔 기울인다거나 하는 낭만적인 이야기가 비에게는 더 잘 어울린다고 생각한다. 퇴근 무렵엔 누군가에게 전화를 걸고 있을지도 모르겠다.

비가 오니까, 낭만을 가득 담은 비가 오니까.

떠나는 게 피곤한 사람이
한 사람쯤은 있어도 되지 않겠습니까?

바야흐로 휴가 시즌이다. 더위에 지친 몸과 마음에게도 휴식이 필요할 테니 말이다. 엄밀히 말하자면 요새는 딱히 휴가철이라는 개념이 점차 사라지는 듯하다. 본인이 마음만 먹는다면 1년 중 언제라도 훌쩍 떠나버릴 수 있으니 말이다. 오히려 성수기를 피해 여행을 계획하는 경우도 많이 늘고 있으니까.

◆

최신 트렌드도 음식에서 여행으로 옮겨지고 있는 것으로

보인다. 전에는 보이지 않던 여행 관련 TV 프로그램이 꽤나 많이 늘었다. 여행은 좋다, 즐겁다. 잠시라도 현실에서 벗어날 수 있다면 그곳이 바로 낙원 아니겠는가. 하지만 여행은 준비할 것이 너무나도 많다. 여행 그 자체를 위한 준비물을 차치하더라도 떠나기 전 마무리해야 할 일이 산더미다.

한번은 급하게 떠난 여행 중 일터에서 생긴 일을 처리하느라 고생한 적이 있다. 낙원에 있기는 했지만 제대로 보고 느끼고 즐기지도 못한 채 원격으로 일만 하다가 돌아왔다. 돌아온 후에도 마찬가지다. 그동안 밀린 일들을 처리하느라 몸과 마음은 두 배 세 배 힘들어진다.

그래도 여행을 통해 얻은 에너지로 그 정도는 커버하고도 남는다는 사람들이 대부분이지만 나에게 여행은 일상을 깨는 일탈행위로 느껴지는 경우가 더 많다. 빡빡하고 어지러운 매일매일의 하루가 평온하게 느껴지고 중간 중간 떠나는 여행이 오히려 평온함을 깨는 불청객이 되어버리는 역설적인 상황이 연출되는 것이다.

〉 아마도 여행지에서 몸과 마음을
〉 온전하게 내려놓는 방법을

나는 아직까지 잘 모르는 듯하다.

나보다 더 바쁘고

치열하게 사는 사람들도 많을 텐데

나만 혼자 유난을 떠는 것처럼 느껴지기도 한다.

◆

올 여름에도 여행 계획이 있기는 한데 이번에는 조금 더 편안하게 즐겨보려 노력할 것이다. 어찌 되었든 여행이 나에게 일탈행위로 느껴진다면 제대로 일탈을 해보는 것도 좋을 듯싶다. 열심히 일한다고 해도 그 며칠사이에 내가 벼락부자가 될 가능성은 없을 테니까 말이다.

따뜻한 오해이긴 한데,
민망하긴 하네요

연속 두 끼를 거르면서까지 바쁜 일을 마무리하고 잡아 탄 택시는 그야말로 포근하다.

"○○동이요."

내 말이 끝남과 동시에 노기사님께서 말씀하신다.

"그래, 식사는 하셨어요?"

"아, 네, 아뇨. 바빠서 아직요. 감사합니다. 기사님께서는 드셨어요?"

"저도 아직인데 같이 드시겠어요?"

아 이렇게나 따뜻한 대화를 택시 안에서 할 수 있다니. 노 기사님의 특유의 저음은 무심하게 들리지만 정이 가득한 것만은 확실하다.

사실 우리 동네엔 유명한 기사식당이 두 군데 있다. 그래서 그 동네에 간 김에 식사까지 해결하시려는 기사님의 속뜻을 나는 알아챌 수 있었다. 얼마나 적적하시면 나에게까지 물어보실까. 코다리찜과 돈가스 식당 중 한 군데일 것이라 확신하고 물었다.

"아 그럼 돈가스로 하실까요?"

기사님께서는 대답 대신 어허허허허 웃으신다.

동네 앞 사거리에서 나는 말씀드린다.

"조 앞에서 좌회전을 해야 합니다. 돈가스집 갈려면요."

마침 택시는 빨간불에 정차하고 못 들으셨을까 다시 한번 말씀드린다.

"기사님 조기 조 앞에서 좌회전이요."

그때 갑자기 짜증 섞인 표정으로 돌변하신 기사님께서 말씀하신다.

"아 거 뭐 젊은 양반이 아까부터 무슨 혼잣말을 그리 해요?"

그러곤 손으로 왼쪽 귀에 꽂혀 있던 이어폰을 홱 잡아 빼신다. 아~~~~~이런 아~~~~~그렇구나. 기사님께서는 통

화를 하셨고 나는 아까부터 혼자서 이야기하고 있었구나. 아

~~~~~~~~

집 앞에 내려서 아주 잠시 고민했지만 나는 돈가스집으로 이내 발걸음을 옮긴다. 이미 배가 너무 고팠기에 한번 떠올린 돈가스의 잔상을 지우기 힘들었다. 돈가스를 주문하고 허겁지겁 반 이상을 먹어 치웠을 때 딸랑 하는 종소리와 함께 아까 그 노기사님께서 들어오신다. 다른 동료 기사님과 함께. 옆 테이블에 자리를 잡으시고 수다로 스트레스를 푸시며 식사를 하신다.

그렇다. 일이 이렇게 되기는 했지만 그래도 우리는 같은 식당에서 같은 시간에 같은 메뉴를 즐기고 있다. 따로, 또 같이 이지만 말이다. 내가 상상했던 따뜻한 결말은 아니지만 그래도 돈가스는 맛있고 식당 안은 사람들의 온기로 따뜻하다. 본의 아니게 혼잣말을 한 정신 나간 사람이 되었지만 잠시라도 아주 잠시라도 즐거운 상상을 해볼 수 있어서 그것만으로도 행복한 하루의 저녁 식사 시간이다.

일상의 사이클에서
벗어나기

    평소보다 5분 늦게 일어나 나선 출근길에 유치원 버스를 타는 옆집 꼬마 아이는 보이지 않는다. 카페 셔터 문을 열며 아침 인사를 나누던 사장님은 이미 문을 열고 테이블 청소를 하신다. 버스 정류장 앞 편의점의 야간 아르바이트생은 교대를 마치고 매장을 나서며 아는 척을 한다. 오늘은 매장 안이 아니라 밖에서 만난다.

◆

    5분 늦은 세상에서 하루를 시작하였다. 단 5분 늦었을 뿐인데 매일 만나는 것과는 전혀 다른 세상이 펼쳐진다. 매일 그렇게 자연스럽게 돌아가는 5분 후의 세상은 생각보다 낯설기만 하다. 매일 보는 풍경과 만나는 사람들은 보이지 않고 본다고 하여도 다른 행동들을 하고 있다. 내가 보지 못한 그들의 5분 후의 모습은 여전히 열심이다. 나 혼자 뒤쳐진 것 같은 기분을 들게 하기 충분하다.

결국 나는 그 늦어버린 5분을 따라잡기 위해 더 노력한다. 더 빨리 걷고 더 빨리 움직여 두 배의 노력을 통하여 늦어버린 5분을 모두 따라잡은 후에야 비로소 안도한다. 이제 나는 사람들과 같은 시간대에 존재한다. 원래의 일상과 같은 시간에 같은 사람들을 만나고 같은 풍경을 보게 될 것이다.

결국 나는 이렇게 살 수 밖에 없는 것일까?

5분 후의 세상도 낯설어하고 두려워하면서

도대체 무엇을 예상하고

준비하며 살 수 있단 말인가?

단 5분의 늦음도 엄청난 뒤쳐짐으로 생각하고

이토록 불안에 떨고 앉아 있는데.

◆

　5분 늦은 오늘, 단 5분으로 안절부절 어쩔 줄을 모르는 내 자신이 한심하다. 그것도 늦은 거라고 여유도 가질 줄 모르고 기어이 그걸 따라잡고야 마는 나라는 놈이 불쌍하기도 하다. 5분으로 세상이 무너질 것처럼 벌벌 떠는 답답한 인간아. 그게 지금의 나다. 아직 한참 모자란 나다.

불타오르리,
내 마음

　대한민국 기상청을 기준으로 일 최고 기온이 33도 이상인 상태가 이틀 이상 지속되면 폭염주의보를 내리고 35도 이상인 상태가 이틀 이상 지속되면 폭염경보를 내린다. 훗 35도 이상이 이틀 이상이라고? 올 여름 우리의 날씨가 어떤 상태인가! 오죽하면 태풍을 기다린다고까지 말할까. 정부는 폭염의 심각성을 깨닫고 자연재해로 포함시키는 법안을 준비 중이라고 한다.

◆

그런데 문제는 기상청의 예보다. 예보에 대해서 1도 모르므로 뭐 내가 이렇다 저렇다 이야기할 수 있는 사안은 아니고 다만 좀 더 일찍 폭염을 알려주어 미리 미리 대비할 수 있었으면 좋지 않았을까 하는 아쉬움은 있다. 예를 들어 에어컨 등으로 급증하는 전기세도 미리 미리 손을 보았을 수도 있고 야외 활동을 자제하는 등 계획은 세워볼 수 있었겠지.

전 세계적으로 폭염 때문에 난리인데 나도 좀 오해하는 부분이 있었나 보다. 라디오를 통해 들었는데 태풍이나 홍수 폭설 등에 비하여 폭염은 미리 예측하는 것이 현 기상 시스템으로는 쉽지가 않다 하더라. 다른 나라의 경우도 마찬가지다. 폭염은 지구온난화와 자연스러운 대기 흐름의 원인으로 보는 것이 일반적인데 넓은 지역에 골고루 발생하는 날씨 현상 치고는 앞서 예측하는 것에 한계가 있다고 한다.

혹시 뜨거워진다는 것은 이런 것일까.
나도 모르게 내 마음도 모르게 갑작스럽게 달아올라
그 누구도 예측하지 못하는 사이에 활활 타오르는 것일까.
누군가를 사랑한다는 것.
무엇인가에 꽂혀 인생을 건다는 것.

나도 모르게 뜨거운 열정이 느껴지는 일.

미리 알아챌 새도 없이

어느 순간 갑작스럽게 그렇게 불덩이 하나를

마음에 간직하게 되는 것일까.

　모든 것에 마음을 열어두어야 하겠다. 나는 지금 글을 쓰는 것에 뜨거워져 있지만 또 어떤 다른 일에 혹은 사람에 뜨거워질지는 아무도 모를 일이다. 내 몸의 온도보다 더 뜨거운 날씨와 같은 온도가 몇날 며칠이고 지속되어 폭염보다 더 뜨거운 마음을 지속하길 희망한다. 그런 불타는 마음으로 진심을 다하는 인생을 살 수 있기를 바란다.

사람 생각하는 거,
크게 다르지 않습니다

　고등학교 시절 다니던 독서실의 정수기 앞에는 머그컵이
몇 개 있었는데 학생들이 함께 사용하는 것이었다. 당연히 사
용한 사람이 사용 후 깨끗하게 닦아놓아야 했지만 그렇게 하
는 이는 드물었다. 목은 마르고 물은 마셔야겠고. 그래서 내
가 했던 방법은 머그컵의 손잡이 부분으로 물을 마시는 것이
었다.

◆

　대부분의 경우 손잡이를 잡고 반대편에 입을 대고 물을 마

시니까 상대적으로 손잡이 바로 위쪽은 그나마 안전하다는 생각이었고 매번 실행에 옮겼다. 하지만 얼마 안 가서 대부분의 학생들이 나와 같은 방식으로 머그컵에 물을 따라 마신다는 것을 알게 되었고 혼자 기발한 생각을 하고 있다 생각한 나는 좌절하고 말았다.

생각해보면 내가 스스로 알아낸 기발하고 특이한 생각을 전혀 새로운 것이라 느꼈던 경우가 꽤나 있었다. 이 세상 누구도 감히 생각치도 못한 것을 내가 최초로 알아냈다 했지만 나중에 알고 보면 이미 누군가가 먼저 생각해냈던 거다. 심지어는 시중에 판매되고 있었다. 내가 즐겨하는 요리의 경우에도 어쩌다가 얻어 걸려 만들어낸 기가 막힌 음식은 이미 누군가 의해서 만들어졌거나 어느 레스토랑에서 판매되고 있었다. 그렇다면 그것은 그 사람들에 의해 새롭게 탄생하였나 하면 또 그렇지도 않다. 이미 그 옛날 아주 옛날부터 이미 존재하고 있었던 것이 많다.

그래서 나는 글을 쓸 때는 가급적이면 다른 작가들의 책을 읽지 않는 편이다. 아마도 은연중에 나의 글에 다른 위대한 작가들의 생각을 담으려하는 못난 모습이 자꾸만 보여서 그런 것 같다. 좀 더 자세하게 말해보자면 스스로 생각해볼 수 있는 새로운 것 그것이 진짜 새로운 것인지 알 수 없고 아닌 경우가 대부분이지만 어쨌든 그 새로운 것이 순수하게 나의 머리에서 나왔는지 아니면 다른 작가들의 머리에서 나온 것을 내 머리에서 나왔다고 내가 생각하는지가 나에게는 매우 중요하기 때문이다. 극히 평범한 보통 사람인 내가 생각할 정도의 무엇이 이 세상 최초의 새로운 것일 리 없으니까.

◆

그 옛날 쓰인 성경에서 하늘 아래 더 이상 새로운 것은 없다고 했는데 그때부터 지금까지 그래왔던 것일까. 과연 더 이상 하늘 아래 새로운 것이 존재하지 않아서 퓨전이나 컬래버레이션 등의 이름으로 대신 하려는 것일까. 어쩌면 우리는 새로운 것이 아니라 새로운 것은 없다는 사실을 매일매일 깨달으며 살아가는 것은 아닐까. 지금 나의 이 생각은 새로운 것일까…라고 생각했던 수많은 사람들이 이전에도 존재했겠지…라며 최초의 누군가는 생각했을까.

이상한 자기 자신도
쓸모가 있네

와이프는 혼잣말의 대가다. 결혼 전에는 크게 느끼지 못했
는데 결혼을 하고 함께 생활을 하다 보니 그야말로 혼잣말이
생활 그 자체라는 것을 알게 되었다. 한번은 화장실에서 샤
워를 하던 중 와이프가 급하게 나를 찾는 소리가 들려 후다닥
뛰쳐나와 봤더니 혼잣말을 하고 있던 적도 있었다.

◆

흔히 우리는 혼잣말을 많이 하는 사람은 외로운 사람이라
생각한다. 아니면 도가 좀 지나치면 정신적으로 아픈 사람일

것이라 생각하는 경향도 있다. 하지만 실제로 이 혼잣말은 꽤나 다양한 도구로 사용되고 있더라. 와이프만 해도 엄청 생산적인 방향으로 혼잣말을 사용하고 있는데 중요한 일정이 있을 경우 소리 내어 말하거나 미처 하지 못했던 말을 다시 해보기도 한다. 단순하게 연습하는 것이 아니라 실제로 남과 대화하듯 말을 하는 것이다.

처음 와이프가 내 앞에서 뭐라뭐라 말할 때 나는 나를 핀잔하는 말로 오해했다. 그런데 실제로 혼잣말은 이런 상황에서 많이 사용된다. 남에게 대놓고 뭐라고 말하기가 조금 애매한 상황에서 혼잣말을 통해 슬쩍 흘려 상대방이 알게 해준다. 나머지의 경우엔 표현을 연습하거나 생각을 정리하거나 기억을 상기시키거나 각오를 다지거나 하는 등의 생산적인 방향으로 얼마든지 활용이 가능하다.

생각해보면 나도 혼잣말을 많이 하긴 하는데 99퍼센트가 17과 19 사이의 숫자를 말하기 위함이다. 혼잣말이라기보다는 혼자욕이라 부르는 게 더 어울리겠다. 아 진짜 가만히 생각해보니 나도 혼잣말을 꽤 하기는 하는데 그게 실제 입 밖으로 나오지는 않는구나. 그저 속으로 말하는 일은 많은데 그러면 이것은 밖으로는 꺼내지 않았으니까 혼잣말은 아닌가 혼자속말인가 속혼잣말인가 애매하다.

◆

세상의 어떤 위대한 탐험가도 자신의 마음 깊이 들어가는 사람만큼 오랫동안 여행을 하지는 못한다는 글을 읽은 기억이 난다.

> 사람의 속은 그야말로 끝이 없고
> 전부 알 수도 없으니
> 자기 자신이라도 하더라도
> 많은 부분을 이해하려면
> 대화가 반드시 필요하다 생각한다.
> 이것이 속으로 하는 말이건 밖으로 꺼내는 말이건

어쨌든 자신에게 전달되어 생산적인 방향으로 쓰일 수 있다면 방식은 굳이 상관이 없지 않을까.

살인 혐의를 받고 있던 미국의 한 억만장자는 다큐멘터리 프로그램 촬영 중 자신의 옷에 달린 마이크가 켜져 있는 것을 모르고 자신이 살인을 저질렀다 혼잣말을 했다가 온 국민에게 자신의 잘못을 인정한 일이 있었다. 어쩌면 이 사람도 자기 자신에게 죄를 고백하고 싶었을지도 모른다. 그렇게라도 누구에게라도 말을 하고 싶었을지도 모른다.

◆

아 재미있는 연구 결과도 있었는데 혼잣말을 하는 것이 다이어트에 많은 도움이 된다더라. 지속적으로 자신을 채찍질하고 관리하는 데 혼잣말이 큰 효과가 있다는데. 그럼 나는 말하는 나와 듣는 나 중에서 항상 듣는 내가 이겨서 다이어트에 실패하는데… 그럼 난 결국 자신과의 싸움에서 이긴 건가?

시간은 결국
나의 편

　와이프와 연애하던 시절 약속을 잡으면 와이프는 항상 20분씩 늦게 나타났다. 그 당시엔 딱히 이유를 따져 묻진 않았고 나중에 나중에 결혼 후에 어쩌다가 생각나 물었는데 예쁘게 보이고 싶어 치장하느라 늦었다고 말했다. 훗 그러면 그렇지 살짝 웃었다.

◆

　사실 나는 누구를 기다리는 일을 꽤나 좋아한다. 어떤 약속을 막론하고 나는 만나기로 한 장소에 일찍 나간다. 상대가 늦어도 별로 상관없다. 그저 일찍 도착해서 마음의 여유를 갖고 이것저것 둘러보기도 하고 생각하기도 하고 글을 쓰기도 하고 상상 이상으로 그 시간을 알차게 보낼 수 있다.

한국인에게는 코리안타임이라는 것이 존재한다. 약속 시간보다 10~15분 정도씩 늦게 도착하는 좋지 않는 습관을 말하는 것인데 물론 지금은 많이 개선되어 이 말을 잘 쓰지는 않는다. 그런데 또 생각해보면 휴대전화의 대중화로 이제는 수시로 약속 시간과 장소 등을 변경하는 것이 가능하다. 나 좀 늦으니까 늦게 나와라 혹은 네가 이쪽으로 와라 등등 언제든지 약속을 변경하며 만날 수 있기 때문에 이 말을 쓰지 않을 뿐 여전히 존재는 남아 있지 않나 생각한다.

우리는 기다리는 일이 지루하다 말한다. 누구를 기다린다는 것은 자신이 일찍 도착했거나 혹은 상대방이 늦게 왔거나 하는 경우인데 이럴 때 우리는 손해를 본다 생각한다. 시간은 금이다. 이 말도 사실은 시간 약속을 잘 지키지 않는 한국인들의 습관을 고치고자 널리 사용하기 시작했다는 말도 있다.

사람들은 기다림에 익숙하지 않은 듯 말하고 행동하지만 사실 우리 모두는 기다림에 꽤나 익숙하다. 비단 누구를 만나고 하는 것에서 벗어나 더 크게 본다면 버스를 기다리는 일도 기다림이며 횡단보도의 신호를 기다리는 일도 기다림이다. 컵라면이 익기까지 기다리는 3~4분도 최종면접 후 기다리는 합격통보 전화도 커피를 마시기 위해 줄을 서는 일도 모두 모두 기다리는 일이다.

◆

사랑하는 당신의 그대를 만나기 위해 당신은 도대체 인생의 몇 년을 기다렸는가. 지금 당신이 서 있는 그곳에 오기까지는 또 얼마나 많은 시간을 기다려왔는가.

> 생각해보면
> 인생에서 기다리지 않는 일은 존재하지 않는다.
> 어떤 일도 하자마자 되는 일은
> 세상 어디에도 없기 때문이다.

이렇게 본다면 우리가 기다린다고 하는 일은 무의미하게 그저 멍 때리는 시간이 아니다. 지금까지의 노력을 보상받기 위한 시간, 원하는 것을 이루기 위해 자신의 모든 것을 쏟아

낸 시간 혹은 사랑하는 누군가를 만나기 위해 가슴 설레는 순간. 그 어떤 기다림도 조급해할 필요는 없다. 진정으로 우리의 온 마음을 다 담았다면 시간은 어차피 우리의 편이다. 그 이후에는 다음의 시간을 그저 기다리는 것뿐이다.

◆

　내일은 고등학교 동창 녀석들과 만남이 있다. 나는 이번에도 조금 일찍 서둘러 미리 약속 장소에서 이들을 기다릴 것이다. 내가 사랑하는 사람을 기다리는 일은 그들이 내게 미안해야 하는 일이 전혀 아니다. 오히려 내가 누군가를 기다릴 수 있어서 나에게 훨씬 더 좋은 시간이다. 이 얼마나 행복한 일인가 누군가를 무엇인가를 기다릴 수 있다는 것이.

아무리 용써도
다른 사람인 듯 살 수는 없죠

4차선 대로 곁의 버스 정류장으로 버스를 타러 가는 길은 늘 가슴이 조마조마하다. 만약 버스를 등지고 가는 길이라면 내가 타려는 버스가 어디만큼 오는지 확인할 길이 없다. 행여 버스가 내 옆을 휑하고 지나쳐 이미 저만치 멀리 간다면 뭐 어찌 할 방법이 없다. 그나마 정류장에 가까이 왔거나 운이 좋아 버스가 신호에 걸리면 뛰어보기라도 하겠지만 대부분의 경우 이내 포기하고 만다. 아무리 서둘러도 달리는 버스를 따라잡을 길은 없다.

버스를 마주보고 가는 길은 그나마 마음이 편안하다. 멀리서 내가 타야 하는 버스가 오는 모습을 확인할 수 있으므로 다음 행동을 취하기가 조금은 더 수월하다. 걸음의 속도를 올린다거나 슬슬 뛴다거나 아니면 전력 질주를 한다거나. 하지만 이 역시 나의 페이스를 방해하기는 마찬가지다. 애초에 내가 생각했던 속도와 에너지와 시간 등 모든 것이 엉클어지고 만다.

그래서 나는 골목골목을 지나 버스 정류장으로 가는 길을 더 좋아한다. 버스를 등지지도 마주보지도 않고 오로지 나만의 페이스대로 버스를 타러갈 수 있기 때문이다. 그렇다고 일부러 골목을 찾아서 먼 길을 돌아가지는 않고 그냥 이런 상황에서 이런 길로 갈 때 더 마음이 편안하다는 말이다.

우리의 인생도 버스를 타러 가는 길과 비슷한 것 같다.

기회라든가 타이밍 사랑
혹은 운명과 같은 것들을
마주보거나 등지고 걷는 상황에서
우리는 종종 페이스를 잃고 만다.
눈앞에서 달려오는 버스를 타기 위해
무리를 한다거나 등 뒤에서 오는 버스를
어쩔 수 없이 놓치고 마는 경우이다.

가끔 엄청난 순간 에너지를 발휘하여 버스를 탔을 때 이 버스는 내가 타야만 하는 버스가 아닌것 같다는 기분이 들 때가 있다. 정류장에 도착하여 심호흡을 하고 잠시 의자에 앉았다가 약 5분 뒤에 어김없이 도착할 버스를 타는 것이 더 좋지 않았을까 후회할 때가 있다. 억지로 잡아탄 버스는 왜인지 모르게 불편한 기분을 느끼게 한다.

오는 버스 가는 버스 보지 않고 나만의 페이스대로 길을 걸어 자연스럽게 나에게 다가오는 것을 맞이하기를 원한다. 내가 아직 도착하지도 않았는데 내가 가야 할 곳에 이미 도착해 있는 것은 어쩌면 내 것이 아닐 수도 있다. 느릴 수도 있다. 조금은 더 기다려야 할 수도 있다. 하지만 내가 먼저 도착해 기다렸으므로 내가 맞이한 내 것이라 할 수 있을 것이다. 나는 그렇게 걸어갈 것이다. 내 페이스대로 버스를 기다려 잡아탈 것이다.

빠꾸 없는
그 무언가!

장 폴 사르트르는 인생이란 B(Birth)와 D(Death) 사이의 C(Choice)라고 말했다. 탄생과 죽음 사이의 인생이란 선택의 연속이라는 뜻으로 해석된다. 그만큼 우리는 태어나면서부터 죽을 때까지 정말이지 엄청나게 많은 것들 앞에서 선택을 하면서 살아간다. 아니 그렇게 살아갈 수밖에 없다. 여럿 가운데 가장 적당한 것 가장 필요한 것을 골라내야 어떠한 결론을 얻을 수 있기 때문이다.

◆

그런데 우리는 왜 아직도 선택에 어려움을 느끼고 있을까. 살아오면서 그야말로 수없이 많은 선택을 통하여 지금까지 왔을 텐데. 그리고 그 많은 선택들이 전부 실패로만 돌아간 것도 아닐 텐데 말이다. 약간 이런 느낌은 있다. 주사위를 던져 나온 숫자만큼 앞으로 전진하는데 두 갈래 길에서 한 방향을 선택해야만 하는 느낌이랄까. 둘 중 하나는 지름길로 통하고 다른 하나는 무인도에 떨어져 상대방이 주사위를 두 번 더 던질 때까지 강제로 쉬어야 하는 상황을 전부 지켜볼 수 있기 때문에 두려워하는 것인가.

아무래도 선택이 어렵고 두려운 것은

선택 그 자체라기보다는

선택 후의 책임 때문이 아닐까 생각한다.

선택 후에는

다시 되돌릴 수 없는 상황이 대부분이고

만약 되돌릴 수 있다고 하더라도

되돌아간 만큼 손해를 보니

신중해야 한다.

그리고 그 모든 것은 선택한 사람이 책임을 져야만 한다. 내 인생의 선택은 내가 하므로 당연히 책임도 나의 몫이다. 보물 탐험을 하는 영화에서 종종 이런 장면이 나온다. 동굴이 무너져 내리기 직전 두 갈래의 징검다리 중 하나를 선택하여 길을 건너야 한다. 하나는 튼튼한 길이고 다른 하나는 무너져 내리는 길이다. 튼튼한 길은 생명이고 무너지는 길은 죽음이다.

책임을 회피하기 위한 마음은 아닐 것이다. 책임은 어떻게 해서든 질 수 있지만 후회하는 마음이 또 들 수 있다. 이렇게 되면 내가 선택한 것조차 마음에 들지 않고 즐기지 못하게 되며 이러한 상황은 다음 선택에 또 다시 영향을 준다. 반반치킨, 짬짜면, 반반피자에서부터 김밥, 찌개 심지어는 화장품까지 선택에 어려움을 느끼는 사람들을 위해 탄생한 상품들이다. 썸을 탄다는 것도 일종의 선택의 어려움에서 나왔다는 이야기도 들었다. 이것 역시 진지하게 만남을 지속했을 때 따라올 수 있는 책임과 후회 같은 것들을 회피하는 경향에서 나왔다는 이야기다.

하지만 그럼에도 불구하고 우리는 여전히 선택을 해야만 한다. 선택의 여지가 없었다는 말로 선택한 것에 대한 책임과 후회를 애써 외면하려 하지만 생각해보면 선택의 여지가 없는 상황에서도 우리는 어떤 하나를 결국엔 선택해야만 한다. 내가 선택한 것이지 다른 누군가의 강요가 있지는 않다는 뜻이다. 몇 년 전 보았던 한 드라마 주인공의 대사가 기억난다. 인생에 어디 정답이 있나 선택만 있지. 난 선택을 했고 책임을 지고 있는 중이다.

◆

가장 단순하고 쉽게 생각하여 선택을 내리는 것이 도움을 줄 것이다. 어차피 선택은 이것 아니면 저것이다. 저것을 찾기 힘들다면 이것을 골라내보면 좋다. 더 좋은 것을 선택하기 어렵다면 더 나쁜 것을 덜어내보자는 것이다. 덜 적당한 것 덜 필요한 것을 말이다.

또 다른 종류의 선택은 예스 아니면 노를 해야 하는 상황인데 말 그대로 어차피 선택은 예스 아니면 노이다. 하나가 노라는 생각이 들면 자연스레 다른 하나가 예스가 되는 것이다. 일단 책임과 후회는 이 단계에서 생각하지 말고 가장 단순한 마음으로 이것과 저것 중 하나, 예스와 노 중 하나를 골라보자.

그런 다음엔 덜어낸 하나는 인생에서 절대 만나볼 수 없다고 생각해야만 한다. 아 물론 선택이 실패하면 되돌아갈 수 있는 상황도 있지만 일단 지금 단계에서는 그렇게 생각하자는 말이다. 그래야만 자신의 선택에 힘을 실어줄 수 있다. 다른 것을 선택하였을 경우의 다른 결과 같은 것은 상상조차 하지 말자. 선택을 내린 이상 집중해야 할 것은 과연 이 짜장면을 어떻게 맛나게 비빌 것인가이지 짬뽕을 다 먹고 밥을 말아 먹는 모습을 상상하는 것이 절대로 아니다.

◆

인생에서 모든 선택은 내가 내린다. 남이 내린 선택으로 불이익을 보고 있는 중이 아님을 명심하자. 내가 나의 선택을 신뢰하고 지지하지 않는다면 과연 누가 그렇게 해줄 수 있을까. 선택한 대로 나아가지 못하고 계속해서 뒤를 돌아다보기에 우리의 인생은 너무나도 짧다. 선택한 이상 우리는 앞으로 나아갈 수밖에 없다.

중국음식 얘기를 하다 보니 급하게 당기는군요. 여보세요?

네네 사장님 안녕하세요? 네네 저 짬짜면 하나만 네네. 네~ 감사합니다. 뚜뚜뚜뚜~~~

어떤 사람들은 발견하는 특별함이
왜 내 눈에는 안 보이는가?

아내가 집안 거실에 꽃을 놓아두고 싶다 하였다. 퇴근길 꽃집에 들러 꽃을 사오라 하면서 나의 안목을 믿어보겠다 하였다. 그런데 꽃집에 들어간 나는 한참동안 그저 멍하니 서 있을 수밖에 없었다. 누가 보면 꽃을 고르는 중이라 하였겠지만 나는 그때 꽃을 보고 있지 못하였다. 그 많은 꽃들에 둘러싸여 있었으면서도 그들의 다양한 향기도 색깔도 느끼지 못하였던 것이다. 옆에서는 애인 사이로 보이는 커플이 꽃다발을 안고 행복한 미소를 보여주고 있었다. 다른 세상에 있는 것만 같았다.

그렇다. 난 지금 꽃을 보아도 꽃 이상으로 보지 못한다. 내 마음이 평화롭지 못하여 아름다운 것들에 질투를 내는 것인지 아니면 아름다움 그 자체를 받아들이지 못하는 것인지 그건 잘 모르겠다. 하지만 흑백렌즈가 내 앞을 뒤덮고 있다는 사실만은 확실하다.

결국 난 꽃집 점원에게 추천받은 꽃을 사갔고 너무나 다행스럽게 그 꽃은 아내의 마음을 흡족하게 하였다. 나는 다시 꽃의 향기와 아름다움을 온전히 느낄 수 있는 그날을 기다린다. 지금보다 조금 더 평안한 날을 맞이하여 아무 날도 아니지만 이따금씩 아내에게 내가 고른 꽃을 선물해줄 수 있는 그날을 상상한다. 다른 사람들이 보고 느끼는 아름다움을 나도 다시 느낄 수 있게 되기를 기도한다.

인사가 이렇게 좋은 겁니다

　승객들이 탈 때마다 "안녕하세요" 하고 반갑게 맞아주시는 단골버스의 기사님이 계신다. 피곤한 아침을 그나마 상쾌하게 시작하게 해주는 기분 좋은 인사이다. 하지만 어찌 된 일인지 대부분의 승객들은 대꾸조차 하지 않는다.

　아무리 피곤해도 그렇지. 안 된다 이래서는 안 된다. 이래서는 동방예의지국이라 할 수 없다. 그래, 내가 한다. 내가 나선다. 전 승객을 대표하여 따뜻한 인사를 건네 드리자. 일부러 버스 앞까지 가서 기사님 수고하세요하고 꾸벅 인사를 드린다.

　기사님께서 웃으신다, 좋아하신다 역시. 그리고 기운이 나셨는지 우렁차게 말씀하신다.

뒷문으로 내리세요.

이런 핑계라도 있어야
한 번 보는 거지

저는 술은 잘 못 마시는데 분위기가 좋아요. 이렇게 말하는 사람 제일 싫어했다. 못 마시면 마시지 말아야지 안주발만 세우고 있다고. 난 술 잘 마셨다. 하지만 나이 먹을수록 친구들과의 술자리 기회는 눈에 띄게 줄었다. 가족 역시 나를 제외한 모든 구성원의 주량이 소주 한 혓바닥 정도인지라 집에서도 마시지 못했다. 자연스레 주량이 줄었다.

돌이켜보면 20대에는 주량이 꽤 큰 의미가 있었다. 소주 맥주 양주를 얼마나 마셨네 누가 먼저 취했네 무용담을 늘어놓곤 했다. 30대에는 이런저런 고민에 술을 많이 마셨던 것 같다. 앞으로의 인생 결혼 사회생활 등은 최고의 안주거리였다.

40대가 된 지금은 새로운 이유가 생겼다. 아무런 이유 없이 갑자기 술이 고픈 그런 저녁이 있는데 생각해보면 사람이 그리워서 그런 거더라. 주량이나 고민이나 이런 거 말고 그저 내 사람들과 한잔 부딪치는 그 맛이 그리워 술을 찾는다.

얼마 전 주당 친구놈과 점심에 반주를 했는데 판이 커져 낮술로 이어졌다. 친구놈은 낮술은 정확하게 해가 질 때까지만 마셔야 하는 거라는 개똥철학을 늘어놓더니 정말 해가지자 자리를 정리하고 일어섰다. 한 치의 오차도 없었다. 그러고는 옆 가게 호프집으로 자리를 옮겨 밤술을 시작했다.

나는 술에 대한 저런 개똥철학은 없는데 못 마신다는 사람에겐 술을 권하지 않는다. 주위에서는 매너 좋다 말들을 하지만 사실은 술이 아까워서다. 오늘은 불금이다. 그리운 사람을 만날 시간은 충분하니 종목만 정하면 되겠다.

소소한 관찰이 주는 재미

내가 이 세상에는 정말로 다양한 사람들이 살고 있구나 느끼는 가장 확실한 순간은 사람들의 재채기 소리를 들을 때이다.

뭔가 잘못한 일을 들킨 것마냥 '이~~~크'라고 하는 사람이 있다. 불만에 가득 찬 것을 내뱉듯이 '에이~~~씨'라고 하는 사람도 있고, 한 평생 정직하게 살아온 양 정확한 발음으로 '에이취'라고 재채기의 정석을 보여주는 사람도 있다. 말울음소리 성대모사를 하는 듯 '이~~~~히'라고 하는 사람도 보았으며 평소 영어를 잘 해서 그런지 '아~~츄'라고 재채기하는 사람도 보았다.

또 재채기 소리가 너무 커 옆 사람들을 깜짝 놀래키는 사람이 있는가 하면 한 번 재채기를 시작하면 대여섯 번 연달아해서 주변을 걱정시키는 사람들도 존재한다. 반면 너무나도 수줍게 코를 잡고 '풋' 하는 작은 소리로 재채기하는 경우도 있다.

최근 신문에서 흥미로운 기사를 보았는데 야한 생각을 하면 재채기가 나올 수 있다는 연구 결과가 있었단다. 신경이 코로 잘못 전달되는 경우에 재채기가 나온다는 내용인데 실제 경험자들의 이야기도 라디오 사연을 통하여 들어본 적이 있었다.

다시 한번 말하지만 사람들의 재채기하는 모습이나 소리를 듣고 있으면 정말로 이 세상에는… '아~~~~췌' 훌쩍 아 콧물이… 아 아니에요. 저 야한 생각한 거 아니에요. 지금 환절기라 그래요… 다양한 사람들이… '아~~~~췌 아~~~~췌'

나를 아는 데 필요했던
실패의 과정들

    아마도 와이프의 임신과 함께 나의 요리 인생이 시작되었지 싶다. 유독 입덧이 심해 임신 내내 거의 열 달 동안 음식과 사투를 벌인 와이프를 위해 나는 매일 저녁상을 차렸고 둘째 아이까지니까 스무 달을 훈련하며 요리를 마스터했다.

◆

    아 그렇다고 뭐 엄청 대단한 수준은 아니고 그저 입덧하면 생각나는 먹고 싶은 음식을 레시피를 찾아가며 만드는 수준이었고 대부분의 음식도 와이프가 한 입 먹고 배부르다 하면 남기기 아까워 내가 다 흡입해버렸다. 덕분에 와이프의 배가 부르는 속도와 함께 나의 배도 정비례로 불러와 만삭일 때 나도 그 정도가 되고 말았다.

배가 중요한 것은 아니고 요리 이야기를 좀 하고 싶은데 요리에서 가장 중요하지만 쉽게 판단할 수 없는 것이 무엇일까? 식재료? 칼질? 간 맞추기? 양 조절? 배합? 뭐 여러 가지가 있을 수 있지만 나의 경우엔 불 조절이 요리해서 가장 어려운 부분이었고 실제로 아직도 이것에 어려움을 겪는다.

불 맛이 필요한 음식은 그야말로 가장 센 불로 짧은 시간에 볶아주어야 한다. 찌개의 경우엔 육수를 내고 재료를 넣은 이후엔 불을 조금 줄여 뭉근하게 끓여 깊은 맛을 내는 것이 좋다. 고기나 생선의 경우에도 너무 센 불로 요리를 하면 재료가 타거나 육질이 질겨지기도 한다. 다소 시간이 걸려야 하는 요리의 경우엔 처음부터 약한 불로 오랜 시간동안 끓여줘야 하는 경우도 있다.

◆

인생도 약간 그렇지 않나 생각한다. 은은하게 약하지만 지속적인 불로 오랜 시간 정성을 쏟아주어야 하는 일도 있고 또 다른 순간엔 강한 불로 순식간에 마무리를 지어야 하는 경우도 있다.

살다 보면
경험을 통하여 스스로 깨닫게 되지만
그 전까진 몇 번씩 설익기도 하고
태워먹기도 할 것이다.
그렇게 해서 음식을 망치게 되면
어쩔 수 없이 그 상태로 먹어버리거나
심하면 버려야 할 수도 있다.

　과정이라고 생각해야 할 것이다. 그저 센 불로만 요리를 해야 하는 줄 알았던 처음에 비해 지금 나는 매우 여유롭게 불을 가지고 놀 줄 안다. 물론 더 이상 망치는 음식은 없으며 재료와 음식 종목에 어울리는 불을 사용할 줄 안다.
　과정을 통하여 깨우치지 못했다면 지금의 결과를 얻을 수는 없었을 것이다. 참 이건 꼭 말하고 끝내야 하겠는데 불조절과 음식 맛은 꼭 비례하는 건 아닌 것 같더라. 이건 또 다

른 스킬을 필요로 한다는 것을 불 조절을 터득하고 난 이후
에 새롭게 깨달았다.

어차피 살아봤자 백년도 못사는 인생인데

싫어하는 것을

애써 이유를 지워내며

내 마음에 부담을 주기가 더 이상 힘들었다.

그래서 이제는 싫어하는 것에 이유를 두지 않고

그냥 싫어한다고 말한다.

3장

인생 별거 없습니다.

너무 거창해지지 맙시다

그래도, 그럼에도 불구하고
없으면 좀 허전하기도 하고

그게 무슨 의미가 있나. 티비에서 한 방송인이 농담 삼아 한 말은 내 가슴에 꽂힌다. 나는 무슨 의미를 위해 살고 있을까. 매일 똑같은 하루를 보내고 똑같은 사람을 만나고 똑같은 돈을 버는 게 지겨워진 것일까. 단순하게 매너리즘에 빠졌다는 것으로 쉽게 설명하기는 어렵다. 무엇을 해보아도 의미를 찾기가 쉽지 않은 요즘이다. 이런저런 경험들을 모두 해보아서 그 뒤에 오는 결과를 뻔히 알고 있기 때문일까. 새로운 시도를 찾아보아도 그것은 이내 해봤던 경험이 되어버리고 그러면 또 의미는 사라지고 만다. 이런 식으로 사람이 삶에 지루해질 수도 있구나 하는 것에 놀랄 따름이다.

큰 그림이 필요하다. 물론 하루하루를 최선을 다해 살고 있지만 궁극적인 목표가 희미하므로 어쩌면 매일매일 앞으로 나아가고 있다는 기분을 느끼지 못하기 때문일 수도 있다. 소소한 것에도 감사하고 그것이 나에게 늘 그랬듯이 저절로 주어진다는 오만한 생각도 버려야 하겠다. 집착적으로 할 필요는 없겠지만 작은 것에서부터 시작해서 조금씩 의미를 키워보는 것도 도움이 될 것만 같다. 억지로 의미를 부여하지는 않겠다. 이내 사라지고 말테니까. 대신 조심스럽게 의미를 찾는데 의미를 두어 보겠다. 일단 이 한 개의 의미를 기본으로 깔고 시작해보려 한다.

남는 건 무엇뿐?

창고 정리를 하다가 먼지 쌓인 박스를 하나 발견했다. 안에는 여러 곳에서 찍은 것으로 보이는 사진 몇 장이 있었는데 장소가 도무지 떠오르지 않아 동행했던 가족들에게 확인하여 알아냈다.

◆

예전부터 사진 찍기를 좋아하지 않았던 나는 남들이 사진 찍을 때 최대한 그 장면을 눈으로 찍고 가슴에 남기려 노력했다. 무슨 심오한 뜻이 있는 것은 절대 아니다. 그저 어디를 가든 무엇을 하든 사진을 꼭 찍어야만 한다는 강박에 사로잡히는 것이 싫어서 그냥 보고 느낄 뿐이다.

내 기억력은 평균 이하이므로 당연히 눈에서도 잊혀지고 가슴에서도 느끼지 못하는 경우가 훨씬 더 많지만 그래도 사진은 거의 찍지 않는다. 내 경우 눈에 담고 가슴으로 느끼지 못한 장면은 사진으로 본다 하여도 아무런 감정을 느끼지 못한다. 잠깐 동안이라도 시간을 두고 천천히 눈으로 담고 그 당시에 느꼈던 감정을 가슴에 담으면 그 장면은 오롯이 내 것이 된다. 하지만 사진을 찍는 것에 더 많은 시간을 할애하면 그 순간은 사진 속에서만 존재하는 것만 같은 느낌이 든다. 물론 당시의 느낌도 현재에 대입해볼 감정도 느끼지 못한다.

그렇게 몇 장의 사진을 더 넘기다 수년간 소식이 끊겼다가 최근 다시 만나게 된 친구들과 찍은 사진을 발견했다. 이 사진은 우리 일행이 아니라 제3자에 의해 찍힌 사진인 듯한데 내가 소유하고 있는 줄은 그때 처음 알았다. 친구들과 공유하면서 이런 저런 이야기들을 나누었더니 그 시절의 추억들이 떠오르면서 잠시나마 시간 여행을 할 수 있었다.

◆

눈이나 가슴에 담지 않아도

그 당시의 감정을 느낄 수 있는 사진도 있구나

이래서 사람들이 사진을 찍어서

기억으로 남기려고 하는구나.

아마도 그 시절의 추억들이

그만큼이나 소중했다는

증거이지 않을까.

　여전히 사진을 잘 찍지는 않지만 일단 눈과 가슴에 담은 이후에 시간이 허락한다면 사진으로도 남겨보려 노력한다. 물론 찰나의 순간은 놓치는 경우가 더 많지만 감정을 불러오게 하는데 사진만큼 좋은 것은 없다는 것에 동의한다. 아마도 나의 사진 찍는 실력이 더 향상된다면 거의 동시에도 가능하게 되지 않겠나 싶다.

하다 보면
잘하는 날도 오겠지

　지금은 내가 전보다 많이 바빠졌고 밤에 늦게까지 일하는 시간이 늘어나서 많이 챙기지는 못하지만 아이들이 어렸을 땐 육아에 엄청나게 많은 노력을 기울였다. 그 시절 내가 하지 못했던 것은 모유수유 한 가지였을 정도로 이런저런 책도 읽고 정보도 찾아가며 아가들을 키우는 재미에 푹 빠져 있었다. 한번은 엄마들의 모임인 유명한 인터넷 맘카페 몇 군데에 가입 문의를 했다가 아빠는 안 된다고 거절당한 적도 있었을 정도이다. 지금은 기술이 많이 퇴보했겠지만 우유 먹이고 기저귀 갈고 목욕시키고 재우기까지의 모든 과정에서 나만의 노하우를 보유하고 있었다.

◆

　태어나서 긴 머리를 단 한 번도 해본 적이 없어서 그렇게나 많은 머리를 말려본 경험이 없다. 아무리 일은 드라이어가 다 한다고는 하지만 조금만 손놀림이 느려도 아이가 뜨겁게나 핀잔을 준다. 왼손으로는 머리를 탈탈탈 털어주고 오른손으론 드라이어를 좌우로 흔들면서 적당한 거리를 맞춰주지 않으면 골고루 마르지 않는다. 특히 긴 머리는 겉이 아니라 속까지 골고루 말려주는 것이 핵심인데 손으로 겉의 머리를 들어내며 속까지 뜨거운 바람이 잘 전달되도록 해주는 기술이 필요하다.

◆

　아이는 지금 혼자서 머리를 말리는 게 아무리 생각해도 쉽지 않아 보인다. 언젠가는 혼자서 머리도 말리고 알아서 잘하는 날이 오겠지만 머리를 말리는 일은 내가 할 수 있는 한 하고 싶다는 생각이 있다. 이제 점점 아이들에겐 나의 도움이 덜 필요하고 그만큼 공통의 주제도 점차 사라져간다. 머리를 말리면서 우리는 대화를 한다. 물론 드라이어 소리 때문에 잘 들리지 않는 경우도 있고 큰 소리로 이야기해야 하는 불편함도 있지만 앞뒤로 앉아서 아이의 머리를 말려주는 그 시간은 나에겐 더없이 소중하다. 아직까진 아이에게 칭찬보단 구박을 더 받는 정도의 실력이긴 하지만 뭐 곧 괜찮아 질것이다. 그 옛날 육아를 하던 기억을 더듬어서 나만의 머리 말리는 노하우도 만들어낼 수 있을 것이다.

◆

오늘도 나는 머리를 말리며 아이에게 묻는다. 근데 있잖아 머리 좀 짧게 자르면 안 될까? 너무 어려워 머리 말리는 게. 아이가 말한다. 아빠 열심히 좀 해봐 하다 보면 잘할 수 있어. 그래 그렇겠지 하다 보면 잘할 수 있겠지. 지금도 처음보단 많이 나아졌잖아. 아이의 말대로 열심히 하다 보면 잘할 수 있겠지 뭐. 인생이 다 그런 거 아니겠어. 하나하나 배우며 사는 거지 뭐.

괴로워도 결국
작은 행복을 따라가는 법

    사람에게서 나는 소리는 두 가지 종류가 있는데 하나는 머리소리이고 다른 하나는 마음소리이다. 인터넷에 물어보지 마시라. 나만의 정의일 뿐이니까. 머리에서는 주로 현실에 바탕을 둔 소리들이 나온다. 지금 현재를 살아가는 데 당장 필요한 소리들이므로 당연히 귀를 기울여야 하겠다. 한편 마음에서는 주로 꿈을 이야기한다.

    머리소리가 그때그때 중요한 것들로 채워진다면 마음소리는 깊이를 알 수 없을 만큼 아주 오래된 꿈 이야기부터 지금의 희망까지 소리 내고 있다고 느껴진다. 하지만 문제는 살아가면서 나 스스로 점점 마음소리를 외면하고 머리소리에 조

종당하고 있다는 것이다. 말했다시피 마음소리는 그 끝을 알수 없기 때문에 바다 저 끝에 이야기를 묻어두기가 매우 수월하다. 그리고 그 꿈들의 이야기는 더 이상 떠올리려 하지 않으며 살아간다.

하루하루 시간이 갈수록 점점 더 멀어져 간다. 반면 당장 급하게 필요한 머리소리가 내 소리의 대부분을 채운다. 급한 거니까 당장 해야 하니까 이게 우선이고 중요한 거다, 스스로를 위로한다. 어느 순간부터 내 마음소리는 빈 공간이 많아졌고 점차 기능을 잃어갔다.

그래서 나는 다시 마음소리를 듣고자 한다. 내가 진정 하고자 했던 것 되고자 했던 것을 듣고 지금에 와서 모두 뒤집고 새롭게 출발하긴 힘들겠지만 지금의 시점에서 새롭게 들려오는 마음소리를 들어보고자 한다.

저 깊숙한 곳에 묻어두었던 이야기들도 꺼내서 다시 한 번 들어보고 머리소리와 타협을 하며 마음소리를 최대한 들어볼 것이다. 머리소리만 듣고 살아온 지난날 바쁘게는 살아왔지만 기쁘게는 살아오지 못했다 느끼기 때문이다. 오늘도 난 마음소리에 노크한다.

넘어지는 게
뭐 그리 큰 창피라고

　일하다가 처음 넘어졌을 때 적잖이 당황했다. 주위 사람들은 괜찮다고 원래 다 그런 거라고 위로의 말을 전했지만 그런 말이 귀에 들어올 리 만무했다. 나 역시 겉으로는 아무렇지도 않은 척 무심한 듯 툭툭 털고 일어났지만 속으로는 두려움에 떨고 있었다. 일어선 후 다음 발을 내딛기까지 생각보다 오랜 시간이 걸렸다. 그렇게 최악의 상황도 아니었는데 사회생활 중 처음 넘어졌다는 사실에 너무 많이 당황했던 것이리라.

　그 순간 나는 걸음마를 떠올렸다.

〉　걷지도 못하는 아기가

처음으로 두 발로 서기 위해

얼마나 많은 노력을 하고

시간을 들였는지.

또한 그 와중에

얼마나 많이 넘어졌는지.

　마치 나는 평생 단 한 번도 넘어져보지 않은 사람처럼 굴었고 걷기 위해 노력해보지 않은 사람처럼 생각했다. 엄청난 착각이었다. 그때도 할 수 있었다면 그때와 비교도 할 수 없을 정도로 커버린 지금 할 수 없다는 것은 말이 되지 않는다.

　나는 다시 힘을 내기 시작했고 다음 발을 내딛을 수 있었다. 그 이후로 지금까지 나는 수도 없이 넘어졌지만 넘어져서 창피하지도 않았고 일어서는 것을 힘들어 하지도 않았고 다음 발을 내딛는 것을 두려워하지도 않았다. 그렇게도 용감했던 아기였던 나에게 더 이상 부끄럽지 않게 앞으로 나아갈 것이다.

늘 그랬듯이,
우울해하지는 말자

눈은 20대를 기점으로 아주 조금씩 조금씩 나빠지기 시작하며 주로 40대가 넘어가면 노안이 찾아온다. 노안이란 말 그대로 눈이 늙는 것인데 나이가 먹고 몸이 늙어지면 눈도 늙어지는 것은 사실 매우 자연스러운 현상이다. 물론 개인의 관리 여부에 따라 그 시기는 더 빠를 수도 더 늦을 수도 있다.

아직 내가 30대였을 때 주변에 노안으로 상심하고 있던 큰형님뻘 지인이 있었다. 어느 날부터 눈앞의 가까운 글씨가 흐릿하게 보이기 시작했다며 40대 중반에 벌써 노안이 찾아왔다 우울해했다. 그때 나는 다음과 같은 짧은 글로 그를 위로해주었다.

"벌써 노안이 왔다며 푸념하는 지인에게 말해 주었어요.

괜찮아요. 그건 매우 자연스러운 일이잖아요.

너무 걱정마세요.

대신 늙어진 눈이 지금까지 보지 못한

다른 세상을 당신에게 보여 줄 거예요."

당시 아직 노안을 걱정할 나이가 아니었을 때에는 전혀 몰랐는데 이제 나이가 40을 넘어 슬슬 가까운 글씨가 흐릿하게 보이는 경험을 하다 보니 그 지인의 심정을 이해할 수 있을 것만 같다. 나이는 숫자이고 그것은 얼마든지 극복이 가능하다 생각하는 것과는 별개로 내 몸은 이미 늙고 있고 눈을 통하여 또 다른 기관을 통하여 이를 확실하게 증명하고 있으니 말이다.

◆

늘 그랬듯이 나는 우울해하지는 않을 예정이다. 뭐 따로 노안을 늦추기 위한 눈 운동이나 뭐 이런 것을 하고 싶은 생각도 없다. 그저 자연스럽게 나에게 다가오는 것을 받아들일 것이다.

아 대신 이런 것은 한번 해보고 싶다. 내가 지인에게 말해 준대로 지금까지 보지 못한 다른 세상을 보려 노력하는 것이다. 어차피 가까운 것을 잘 보지 못해 사물을 눈에서 멀리 두어야만 하니까 사물을 멀리 두는 것 대신 내가 한두 발짝 뒤로 물러서는 것이다.

지금까지 보지 못했던 더 큰 범위를 볼 수 있을 것이다. 아마도 전체를 모두 볼 수 있는 기회가 될 수 있을지도 모른다. 어쩌면 그렇게 모든 것을 보아야만 하는 나이에 맞춰 눈의 기능도 변화하는 것이 아닐까. 지금까지는 좁은 범위만 보고 살았으니 이제부터라도 조금 넓게 보라고 더 크게 보라고.

◆

아 인체의 신비여 어리석은 나에게 또 하나의 깨달음을 주는구나. 다음엔 무엇이 될까 무엇이 올까. 한평생 이 모양 이 꼴로만 살지는 말라고 그래도 노안이 도와주기는 하는구나.

거창해지지 말자.
그저 날짜가 바뀔 뿐

　연말이라고 또 연초라고 거창한 마음은 갖지 않겠어요. 따지고 보면 숫자가 붙어있지 않다면 어차피 오늘이나 내일이나 다 똑같은 날일 뿐이잖아요. 그저 겨울을 지나는 평범한 하루일 뿐이죠. 특별한 마음도 가지지 않고 매일매일 하던 대로 살던 대로 꾸준하게 가볼 생각이에요. 마무리 또는 출발 이런 말은 아직까지는 별것 이룬 것 없는 저에게는 부담스러울 뿐이에요.

보이지 않는 먼 미래보다
당장의 내일을

하루하루 눈앞에 펼쳐진 일을 처리하면서 사느라 바쁜 나 같은 사람들에겐 멀리 본다는 것 자체가 쉽지 않은 일이다. 내일은 시간 내서 멀리 봐야지 이것만 처리하고 멀리 좀 봐야지 하지만 내일이 되면 또 일은 쌓이고 쌓여 그것을 헤쳐 나가는 데 모든 에너지를 사용할 수밖에 없다. 상황이 이렇다 보니 멀리 본다는 개념 자체가 머릿속에서 떠오르지도 않는다.

그런데 지난 주말 등산 다녀왔다고 보내준 친구놈의 사진에서 힌트를 찾았다. 바로 높이 올라가는 것이다. 물론 식견과 시야가 넓은 사람들에겐 현 위치에서도 멀리 볼 수 있는 능력이 있겠지만 난 아니다. 산 정상에서 찍은 도시의 모습에서 높이 올라가면 자연스럽게 멀리 보이고 멀리 보이는 만큼 다양한 길이 있다는 사실을 새삼 깨달았다. 작은 점보다 더 작은 내 모습도 보았고 내가 가는 길도 찾을 수 있었다.

당장은 내일까지만 보려고 노력할 것이다. 그렇게 늘려 가다 보면 어느 순간 지금의 위치에서도 멀리 보게 될 수 있는 날이 올 것이라 믿는다. 그나저나 살도 뺄 겸 등산을 해야 하나.

작 전 　 실 패

가슴에 통증을 느껴 병원을 찾았다

이참에 핑계 삼아

며칠 푹 쉬어야지 했는지

웬 걸 아무 이상도 없고

그냥 잠을 잘못 자서 그런 거란다

건강하다는 것은 분명히 기쁜 일인데

뭔가 작전대로 되지 않은 것 같은

이 찜찜한 기분은 도대체 뭐지

100개의 시선에는
100가지 아름다움이 있다

　출근길 버스에서 자주 만나는 소년이 있다. 정확하게 알 길은 없지만 행동으로 미루어보아 약간의 자폐 증상을 가지고 있는 것으로 보인다. 소년의 어머니가 항상 동행하고 거의 같은 시각 같은 정류장에서 내리는데 소년을 위한 교육이나 의료 기관 등에 가는 길이 아닐까 혼자서 상상만 해볼 뿐이다.

　소년은 소리를 지른다. 지속적으로 지르지는 않고 갑자기 한 번씩 지르는데 그래서 주위 사람들이 더 깜짝 놀라거나 미간을 찌푸린 시선을 보내곤 한다. 그럴 때마다 어머니는 어쩔 줄을 몰라 하시기는 하나 그런 상황에서 소년을 잘 다독이는 노하우가 있는 모양이다. 토닥토닥 몇 번과 짧은 귓속말로 소년은 이내 평온해진다. 그러다가 또 소리를 지르기를 반복하기는 하지만.

◆

나도 처음엔 그랬다. 도심에서 이렇다 할 풍경이라고 부를 것까진 없지만 그래도 창밖의 인생들을 즐겨보거나 가끔은 꾸벅꾸벅 졸기도 하는 평화로운 출근길에 어느 날 갑자기 들이닥친 껄끄러운 느낌이 없잖아 있었다. 그러다가 궁금해졌다 저 소년은 왜 갑자기 소리를 지르는 것일까. 마치 한일전 축구에서 골을 넣을 때 온 국민들이 지르는 소리와 비슷한 정도인데. 아니다 본인이 직접 골을 넣은 선수 정도까지도 볼 수 있겠다.

소년은 소리를 지를 때면 꼭 창밖을 쳐다본다. 그래서 나도 쳐다봤다. 혹 소년을 자극하는 특정한 상황이 있을 수도 있겠다 싶었다.

> 엄청나게 귀여운
> 아기 강아지가 지나가고 있었다.

그 순간 소년은 소리를 질렀다.

다음번 소리를 질렀을 땐

도로변 화단에

예쁜 꽃이 피어 있었다.

나비가 버스 창문에 앉았을 때나

잠자리가 날아다닐 때

아니면 새들이 무리지어 이동할 때도

소년은 소리를 질렀다.

버스가 정차했을 때 옆에 정차한 승용차에서 손을 흔들어주는 아이를 마주했을 때에도 소년은 소리를 지르며 어쩔 줄을 몰라 했다.

내가 한 가지 놓친 것은 소년의 표정이다. 소리를 지를 때 소년은 웃는다. 너무 기쁘고 너무 행복하고 너무 기분이 좋다. 그것은 소년 나름대로의 최고의 표현이다. 아름다운 것을 보고 행복을 느끼고 그것을 있는 그대로 표현해낼 뿐이다. 나를 포함한 사람들은 소년이 이상하다 생각하겠지만 그렇지 않다. 이상한 것은 우리이다. 아름다운 것들을 볼 줄도 모르고 볼 생각도 없고 그것이 앞에 있다 하더라도 아름다움을 발견할 방법조차 모른다. 우리는 아무것도 모르고 산다. 강아지도 꽃도 잠자리나 나비도 더 이상 우리에겐 아무것도 아니다.

◆

소년과 나는 이제 꽤 마주쳤다. 그래서 소년은 내가 어느 정도는 익숙해진 모양이다. 나 같은 외모를 보고 그렇게 하기가 쉽지 않은데 소년은 오늘 나를 보고 웃어주었다. 물론 아름다운 것을 볼 때처럼 소리를 지르지는 않았지만 그래도 나를 보고 짧은 미소를 보여주었다. 누군가 나를 보고 웃어주는데 이렇게 민망하기는 난생처음이다. 아니 내가 그럴 자격이 있는지조차 모르겠다. 나도 살짝 웃으며 인사하기는 했지만 웃음을 지어 보이는 것조차 너무 부끄럽고 미안했다. 그 아름답고 순수한 웃음을 내가 받아도 되는지 고민스러웠다.

~ 같 은 데

~같은데 라고 말하는 사람들에게

자신의 표현을 똑바로 하라고

입버릇처럼 말했는데

지금 내 기분이 좋은 것 같기도 하고

아닌 것 같기도 하고

지금 내가 잘 사는 것 같기도 하고

아닌 것 같기도 하고

뭐라고 말하기 좀 힘들 것 같은데

인생, 싫어하는 것에 낭비하기에는
너무 짧지 않은가

"싫어"라고 말하면 대부분의 경우 돌아오는 질문은 "왜 싫어?"이다. 그래서 이유를 말하면 그 이유에 대해서 생각해보게 된다. 왜 싫어했을까 또 생각해보면 어느 순간 더 이상 싫어지지 않는 경우가 생기곤 한다. 싫어하는 이유만 없어지면 좋아하기까지는 아니더라도 적어도 싫어지는 것은 아니니까. 그냥 아무 느낌이 없다는 것이 가장 적절한 표현일 것이다.

그런데 살아가면서 이런저런 이유로 점점 싫어하는 것을 없애다 보니까 그것도 감당하기가 너무 힘들더라. 싫은 것도 좀 있어야 하지 않는 것도 생기고 그래야 좋아하는 것에 더 집중도 할 수 있겠다 싶었다. 어차피 살아봤자 백년도 못사는 인생인데 싫어하는 것을 애써 이유를 지워내며 내 마음에 부담을 주기가 더 이상 힘들었다. 그래서 이제는 싫어하는 것에 이유를 두지 않고 그냥 싫어한다고 말한다.

물론 싫어하는 이유는 있지만 반대로 생각해보면 내가 싫어하는 이유를 말해야 할 이유도 없고 굳이 없애야 할 이유도 없다. 그렇다고 무턱대고 싫지는 않다. 어차피 살다 보면 싫어하는 무엇인가도 반드시 거쳐야 할 경우도 많다. 싫어도 좋은 척 아무렇지도 않은 척 해야만 하는 슬픈 현실도 전부 인생에 포함되어 있으니까. 그런 경우를 제외하고는 나도 싫은 것은 싫다고 하면서 마음 편하게 살아보려 한다. 좋아하는 것만 품고 살기에도 인생은 턱없이 짧다. 시간은 늘 부족하고 에너지는 항상 모자란다. 그래서 "싫어"라고 말하는 용기가 더 필요한 것인지도 모른다.

쪼개어 사는 꼼수

물론 나에게도 거창한 꿈은 있다. 하지만 언젠가부터 그것을 입 밖으로 잘 꺼내지 않는다. 살다 보니 꿈이 나에게 조금 큰 느낌이 들 때가 많았고 그러는 와중에 종종 벽에도 부딪히고 말았다 솔직하게 말하자면 꿈을 가진 채 현실을 산다는 것이 나에게는 점점 더 큰 부담으로 다가왔다.

그래서일까. 그때부터 나는 내 꿈을 현재라고 정해버리기 시작했다. 아주 쉽다. 그냥 현재에 충실한 삶을 사는 것이다. 어차피 꿈을 이루기 위해선 그에 합당한 과정이 필요할 것인데 막상 닥친 현실을 외면한 채 꿈에만 매달릴 수는 없으니까 이 모든 상황을 받아들이고 현재를 즐기는 것이다.

물론 지루하고 재미없으며 내가 지금 뭐하고 있나 하는 생각이 들 때도 많다. 하지만 지금 바로 이 순간 중요한 것은 잡기 힘든 꿈이 아니라 잡아 넘길 수 있는 현실이라는 점을 생각한다면 현재를 사는 것도 꽤 괜찮은 꿈이 될 수 있다고 본다. 어찌되었든 현재를 지나지 않고서는 그 어떤 꿈에도 도달할 수는 없으니까 말이다

물론 나에게도 원대한 꿈이 있다.

포기했다는 뜻은 절대 아니다 현재를 꿈으로 삼고 있어도 하루하루 현실을 잡아채 넘기고 넘겨 자연스럽게 나는 내 큰 꿈에 도달하게 될 것이라 믿는다. 꿈은 크게 가지라 누군가가 말했던가. 나는 지금 그 큰 꿈이 너무 버거워 꿈에 도달할 거리만큼을 시간으로 쪼개어 하루하루 소소한 꿈을 이뤄내고 있을 뿐이다.

조금은 진지한 생각

　　마스크를 써도 아프냐 묻지 않는 시대라는 광고 카피를 보았다. 아마 공기청정기 광고인 것으로 기억하는데 저 카피를 읽는 순간 너무나도 슬퍼졌다. 진짜로 생각해보면 몇 년 전만 하더라도 감기에 걸렸거나 면역력이 심각하게 떨어지지 않는 이상 마스크를 착용하고 생활하는 경우는 많지 않았는데 요새는 마스크를 쓰지 않는 사람이 더 이상하게 보일 정도니까 말이다.

◆

그렇다면 지금 이 시대에 내가 해볼 수 있는 것은 무엇이 있을까. 쥐뿔 내세울 것 없고 그저 평범하게 일평생 살아온 나같은 아저씨가 할 수 있는 일 말이다. 마스크를 옷처럼 당연하게 쓰고 다니게 될 우리의 다음 세대를 위해서 말이다. 여러 날 궁리 끝에 도달한 나의 결론은 바로 철저하게 이기적인 사람이 되자는 것이다.

단순하게 나의 이익만을 생각하고 남은 고려하지 않는 이기적인 것과 성격을 같이 하면서도 그 개념은 조금 다른데 우선 나와 내 가족을 우선순위에 두는 것이 중요하다. 우리가 살면서 나 자신을 포함한 내 가족을 챙기기에도 우선 벅차니까 범위를 거기까지만 두는 거다. 철저하게 지금 살아가는 나와 앞으로 살아갈 후손들만을 생각해서 각자 개인이 할 수 있는 환경 운동에 동참하는 것이다. 내 가족만 생각하는 이기적인 마음을 기반에 둔다.

◆

이렇게 각자 생활 속에서 소소하지만 지킬 수 있는 일을 하면서 산다면 이제 조금씩 조금씩 그 범위를 넓혀볼 수 있다.

우리 가족이 이웃이 되고 동네가 구가 되고 시가 도가 되고 결국엔 우리 모두가 될 것이다. 이 이기적인 마음은 사실은 우리 모두를 위한다는데 목표를 두고 있다는 점에서 단순한 이기주의와는 성격이 다르다.

물론 이것은 어디까지나 내 스스로 생각해본 방법일 뿐이지만 자연스럽게 실천만 할 수 있다면 그럭저럭 괜찮은 결과를 얻어볼 수 있다고 믿는다. 중요한 것은 개인 스스로가 자신과의 약속을 엄격한 잣대로 지켜주어야 하지만 말이다.

나는 비록 힘없는 소시민이지만 자식들도 있고 가족들도 있고 친구들도 있다. 즉 내가 나서서 지켜주어야 할 사람들이 많다는 뜻이고 이들에게 언제까지나 마스크를 목도리나 스카프처럼 자연스럽게 받아들이게 하고 싶지 않다. 지금 이런 시대를 만든 사람들 중 나 역시 하나이므로 지금부터라도 내가 할 수 있는 일을 해야겠다. 만약 최소한의 노력도 하지 않는다면 마스크 패션을 진지하게 논하는 시대가 오게 될지도 모른다.

내가 뭐 좀 한다고
그렇게 큰일 안 난다

시간을 훌쩍 거슬러 올라가 아마 90년대 후반쯤일 것으로 기억한다. 세기말을 앞두고 지구 멸망설과 이를 이야기하는 영화가 엄청나게 쏟아졌고 그런 우울한 시대를 겪으면서 나는 오히려 여기에서 힌트를 얻어 엄청난 긍정주의자로 바뀌게 되었다.

잠시나마 머릿속에 떠올려봤던 지구의 멸망은 너무나도 끔찍했고 사랑하는 사람들과의 이별은 생각조차 하기 싫었다. 무엇보다 갓 20대가 되어 자유라는 날개를 달고 채 날아보기도 전에 세상이 끝난다는 이야기는 억울하기까지 했다.

지구 멸망. 새로운 세기가 왔지만 지구는 멸망하지 않았고 여전히 살기는 힘들지만 아직까지 지구는 *끄떡*없다. 그래서 나는 생각했다. 물론 점점 아파지고는 있지만 우리의 생각보다 지구는 느리게 멸망할 것이며 이것을 나의 기준으로 삼는다면 못할 것이 없겠다, 라고.

살면서 어떤 어려움이 온다고 하여도 그래봤자 지구가 멸망하기까지 하겠어, 라는 문장을 대입하는 순간 그 어떤 어려움도 더 이상 어려운 일이 아니게 된다. 당연한 거 아니겠어. 내가 뭐 힘들어봤자 얼마나 힘들다고, 그런다고 내가 힘들어서 지구가 멸망하겠어, 그런 일은 절대 절대 발생하지 않지. 그런 과정은 십 수년째 반복하다 보니까 나는 이제 힘든 일이 없다. 아 물론 힘들다. 그런데 내가 세운 기준에 근접조차 하지 못하니까 그냥 다 넘어갈 수 있다 좋게 좋게 생각할 수 있다 그런 와중에도 웃을 수 있다.

◆

누군가는 대책 없이 긍정적인 것은 진정한 긍정이 아니라 말할 수도 있다.

하지만 세상 일이 다 그렇듯이

결국엔 받아들이는 내가 어떻게 생각하는지에

많은 것들이 달려 있지 않은가.

주위에서 누가 뭐라고 하든 간에

내가 긍정적이라는데

내가 아무렇지도 않다는데.

　지구 멸망보다 더 큰 일이 생기지 않는 이상 아마 나는 계속해서 이 기준을 적용할 것이다. 최근에는 아픈 지구에 대한 점점 더 세부적인 근거들이 쏟아져 나오고 있어서 그게 좀 걱정이긴 하지만 그래도 아직까지는 괜찮다. 여러분들도 한번 해보시라. 결국 지구가 멸망하지 않는 이상 이 세상에서 내가 견뎌내지 못할 것은 아무것도 없게 될 것이다.

중요한 건
그때 무엇을 했느냐, 바로 그것

가끔은 시간이 나를 앞지르게 그냥 두어도 좋겠다. 시간은 현재에도 있지만 과거에도 있었으며 미래에도 있을 테니까. 혹자는 말한다. 현재가 중요한 것이라고. 그렇지만 현재는 곧 과거가 될 것이며 미래는 어느 순간 현재가 될 것이다. 시간 자체보다는 시간 속에 존재하는 내가 중요한 것이겠지. 시간을 가치 있게 만드는 것은 시간이 아니라 결국 나일 테니까 말이다.

꼰대 말고
지긋이 나이 먹은 나를 위하여

나는 단지 나이가 많다는 이유만으로 누구에게 대접받고 싶은 생각이 단 1도 없다. 오히려 나이와 상관없이 내가 존경하고 싶다 생각하는 사람을 인정하고 따른다. 이것은 절대 부끄럽거나 남의 눈치를 봐야 할 문제가 아님에도 불구하고 아직까지 우리 사회는 나이에 의해서 많이 좌우되기도 한다.

군이 외국하고 비교하여 설명하고 싶지는 않다. 그냥 전반적으로 보아도 주변에 보면 나이가 찼다는 이유로 그 사람이 더 넓은 식견과 더 해박한 지식을 갖추었을 것으로 판단하는 경우가 많다는 것을 알 수 있다. 물론 그런 경우도 많겠지. 오래 살아온 시간과 경험을 바탕으로 나이에 어울리는 무엇인가를 지닌 사람들 말이다. 하지만 이것이 항상 정비례하는 것은 아니란 말이다.

특히 요즘처럼 하루가 다르게 급변하는 사회에 사는 우리들은 매일매일 새로운 것을 받아들이고 배워야 하는데 상대적으로 직접적인 접촉이 많은 젊은 사람들이 그런 면에서는 훨씬 더 유리할 수 있다. 즉 어느 한쪽이 더 뛰어나다 말할 수는 없고 오히려 여러 세대의 소통으로 더 나은 사회를 만들어 갈 수 있다 하겠다.

> 내 나이 마흔을 넘었으니
> 어떤 것에도 흔들리지 않는다는
> 불혹을 지났건만
> 나는 여전히 아니 더욱더
> 흔들리며 살아간다.
> 하늘의 뜻을 깨닫고
> 자신의 부족한 부분을 알게 된다는 지천명,
> 즉 나이 쉰이 된다고 해도
> 나는 아마 그 뜻의 0.1퍼센트도 알지 못할 것이다.

나이라는 것은 그야말로 숫자일 뿐이라 믿는다. 많은 나이에 뜻을 이룬 이들이 자랑스럽게 말하는 그런 뜻이 아니라 나에게 나이는 진정으로 그냥 숫자다. 오히려 숫자가 높아질수록 나를 더 부끄럽게 만들고 그 무게만큼 고개 더 숙이고 다니라고 해주는 일침이다. 아마 죽을 때까지도 나는 이루지 못하겠지만 그래도 최대한 그 나이가 가진 뜻에 그나마 근접한 사람이 되는 것이 지금 내가 바라는 것이다.

미래의 나에게
심판을 맡깁시다

자신과 남을 비교하는 것은 정말 좋지 않은 습관입니다. 비교하지 마세요, 라고 말해도 이미 깊은 습관이 되어버렸다면 떼어내기가 어렵죠. 그럼 이런 건 어때요. 굳이 자신을 남과 비교해야 한다면 그래야 직성이 풀린다면 그러면 동일한 조건을 만든 후에 비교를 시작해봐요.

나는 지금 과정일 뿐인데 모든 결과를 이룬 남과 비교한다면 그건 적절하지가 않잖아요. 허락한다면 본인이 만들어낼 수 있는 최고의 결과를 가지고 그 사람의 최고와 비교를 해보세요. 그래도 내가 덜하다고 생각한다면 어쩔 수 없지만 아마도 자신의 과정과 남의 결과를 비교할 때보다는 훨씬 더 큰 마음의 평화를 얻게 될 것이라고 생각합니다.

　비교의 사전적인 의미는 유사점이나 공통점 또는 차이점을 밝혀내는 일이예요. 사실 비교는 누가 더 낫다고 판단하는 일이 절대로 아니라는 말입니다. 당연히 사람이 다르고 환경이 다르고 적성이 다른데 결과가 다를 수밖에 없는 거지 그것으로 누가 더 우월하다 판단을 한다는 것은 애써 자존감을 깎아내리는 노력을 스스로 하고 있다고 볼 수밖에 없어요.

　그래요 아주 많이 양보해서 판단을 해볼 수도 있다고 쳐요. 그럼 그 판단을 왜 자신이 해요 심판이 해야지. 눈에 보이는 것만 비교하지 말고 보이지 않는 것 모두를 감안하여 비교의 결과를 판단해줄 사람을 찾지 못한다면 이것은 올바른 비교도 아니며 적절한 판단은 더더욱 아닙니다.

　자 이래도 비교를 하시겠어요. 인생이라는 단어에 삶이라는 뜻에 남과 비교하며 산다는 말은 그 어디에도 들어 있지 않습니다. 비교를 하여 판단을 하시려거든 과거의 자신과 하세요. 그게 가장 적절한 비교이며 판단입니다. 또 앞으로 다가올 미래의 나는 어떤 모습일지 그려보세요. 결국 내 인생이 잖아요. 남의 것으로 내 것을 판단하게 할 수는 없잖아요.

나에겐 75억 명의
팬이 있다

가끔은 내가 트루먼쇼의 주인공이면 좋겠다 생각한다. 처음부터 지금까지 모두 연출된 것이고 힘든 부분은 연출자와 상의해서 편집하거나 각색을 하는 거지. 매일매일 즐거운 일만 가득한 에피소드로 매회 주제를 정하기로 하고 주변 사람들도 모두 행복하도록 말이야. 어차피 결말을 정할 수 있다면 지금처럼 아등바등 살지 말고 그냥 한번 막 살아볼까, 오늘만 살 것처럼 그렇게 한번 해볼까. 이런저런 생각들이 꼬리에 꼬리를 물지만 결국 나는 결심한다. 나를 지켜볼 75억 명의 팬들을 생각하기로. 그래서 나는 오늘도 마음 다잡고 그냥 살던 대로 산다.

그들의 이야기가
노랫소리 같던 날

    내가 말이 없는 편인 것 같다며 누군가 말했다. 아니 난 말 엄청 많다. 다만 그날은 외로운 사람들의 외로운 이야기, 사랑스런 사람들의 사랑스런 이야기, 지친 사람들의 지친 이야기를 가만히 들어보고 싶었을 뿐이다. 이렇다 저렇다 그들의 이야기에 함부로 끼어들고 싶지 않았을 뿐이다.

    눈을 지그시 감고 싶을 정도였으니까.

공감하기 힘든 문제에
공감하는 법

상대방의 느낌이나 기분을 함께하는 것은 생각보다 쉬운 일이 아닌데 주로 기쁜 일보다는 슬프거나 어려운 일을 나누게 되는 경우가 더 많다. 그런데 상대방의 것을 내가 상대방이 되어보지 않은 이상 상대방이 느끼는 그대로 온전하게 받아들이는 것은 여간 어려운 일이 아니다.

상대방의 성격으로 그 사람의 상황에서 어떤 특정 사건이 벌어졌을 때와 매우 매우 흡사한 경험이 있지 않고서는 도대체 어떻게 이해해야 하는지 감도 못 잡을 때가 종종 있다. 물론 그런 경험이 있다고 하더라도 100퍼센트 동일한 조건을 만족시킬 수는 없으므로 100퍼센트를 이해하지는 못할 수 있다 생각한다.

그래서 내가 이럴 때 쓰는 방법은 나의 고통을 최대한 끌어와 보는 것이다. 상대방의 상황을 전부 받아들이지 못한다면 상황이 아니라 고통에 집중해서 지금 상대방이 어느 정도 고통을 느끼고 있을 것인가를 헤아려보려 애쓴다. 내가 겪었던 최대의 고통 그 순간 나는 얼마나 힘들었고 또 그런 일을 어떻게 이겨냈는가 그때 어떤 말이나 행동들이 나에게 도움을 주었는가 이런 것을 살펴보는 것이다.

뭐 내가 별거 있는 사람은 아니므로 어쭙잖게 조언 따위를 건내지는 못한다.

다만 그럴 때 사람들은

이야기를 들어주고 짜증을 받아주고

고통을 나눠주는 이를 원하니까

그런 정도라면

이 몸이 얼마든지 나설 수 있다.

사람은 사람에게 고통 받지만 그 고통을 해결할 수 있는 것도 바로 사람이니까 말이다.

기다려라
그러면 올 것이니

　오랜만에 목욕탕에 가서 때를 밉니다. 누구나 때가 있죠. 그렇습니다 그래요 이게 중요한 겁니다. 누구나 때가 있다구요. 우리 모두에게는 각자에게 맞는 때가 있습니다. 시간의 어떤 순간이나 부분. 때의 사전적 의미입니다. 당연히 모두가 같을 순 없겠죠. 어차피 지금 아니면 다음입니다. 기다리십시오. 옵니다. 반드시 옵니다. 시기가 다를 뿐입니다. 우리 모두에게 맞는 때는 반드시 옵니다.

7시는 너무 싫은데 7시는 너무 좋다.

눈뜨면 7시, 학교 가고 회사 가고 일어나 준비하기 바쁜 7시는

너무 싫다. 영원히 오지 않았으면 하는 시간이지만

또 7시는 너무 좋다. 하루 일과를 모두 마치고 집으로 향하는

가벼운 발걸음 생각만 해도 기분 좋다.

4장

다른 사람이 내 인생

살아줄 것도 아닌데

지금은 지금이고
다음은 다음일 뿐

　우리는 늘 시간이 있을 거라는 안도에 삽니다. 나중에 혹은
'다음에'라는 말을 입버릇처럼 달고 살죠. 어쩌면 너무나도 당
연한 일입니다. 지금 이 글을 쓰고 있는 동안에도 시간은 계
속 흘러가고 있고 아까 말한 다음이 이미 와버렸으니까요. 하
지만 생각해보면 다음이 오지 않는 경우를 우리는 많이 경험
해 보았습니다.

　사랑했던 사람과의 이별도 있고 타이밍을 놓쳐버린 결정
도 있고 실수를 막지 못한 과정도 있고 실패로 돌아간 노력도
있고… 이렇게 본다면 시간이란 안도의 개념이 아니라 오히
려 긴장의 느낌으로 받아들이는 것이 더 어울릴 듯합니다. 매

사에 그럴 필요는 없겠죠. 요지는 지금 반드시 해야만 한다면 지금 하는 것이 옳다는 뜻입니다. 다음에게 자리를 내어줄 이유도 여유도 없겠죠.

> 같은 시간 속에 살아도
> 지금은 지금이고
> 다음은 다음인 거니까요.

진정한 당신과
진정한 나 자신에 대하여

　나와 비슷하게 생긴 사람을 본 적은 있습니다. 비슷한 나이에 비슷한 체형에 특히나 비슷한 머리 모양을 하고 있으면 아 나랑 비슷하구나 하고 생각할 때가 있죠. 그런데 사실은 비슷한 사람일 뿐이지 완전하게 똑같을 순 없습니다. 도플갱어가 있다고도 하지만 그 역시 엉덩이의 점까지 완벽하게 동일할 순 절대 없습니다. 일란성 쌍둥이도 마찬가지입니다.

◆

　우리는 이렇게 서로 다른 생김새를 가지고 살아갑니다. 그리고 각자의 생김새를 인정하고 이해하고 인식하며 서로가 다른 존재임을 깨닫습니다. 아마도 이것은 겉으로 보이는 모습에 차이가 있기 때문에 우리가 생각보다 쉽게 받아들일 수 있는 것으로 보입니다.

그런데 우리는 적장 중요한 속모습은 많이들 놓치고 삽니다. 자연스럽게 부모의 유전자에 의해서 어쩔 수 없이 결정되는 것일 뿐인 이 단순한 겉모습은 이렇게 쉽게 받아들이면서 그보다 몇 천만 배 더 복잡스러운 속모습은 왜 쉽게 받아들이려 하지 않을까요.

그저 단순하게 속모습은 보이지 않아서라고 하면 너무 성의 없는 답변입니다. 아마도 겉모습은 상대방의 표정을 읽기도 쉽고 또 당사자가 스스로 눈치채는 경우도 있고 해서 뭔가 잘못된 과정을 찾기가 쉬울 겁니다. 하지만 속모습의 경우엔 이런 모든 과정들이 드러나지 않기 때문에 과정에서 잘못된 부분을 바로바로 고치기가 힘들기는 하겠죠.

하지만 더 중요한 것은 이것이 보이지 않는다는 사실 때문에 상대방의 속모습을 무시하고 묵살하고 외면해도 좋다는 잘못된 인식이 깊게 자리하고 있지 않나 생각합니다. 다른 것은 틀린 것이 아니라 그저 다른 것이라며 인정하자고 말들은 많이 하지만 정작 상대방을 이해하려 들지는 않습니다. 오로지 나의 기준만 내세우고 엄격한 잣대를 들이대 그것에서 벗어나는 다름은 그저 틀림이라 여기곤 합니다.

저는 키가 작고 당신은 키가 큽니다. 저는 상상력이 풍부하고 당신은 공감 능력이 뛰어납니다. 저는 수염을 길러 거칠게 보이고 당신은 피부가 하얘서 동안으로 보입니다. 저는 혼자 가만히 생각하는 것을 좋아하고 당신은 사교성이 좋아 친구가 많습니다.

◆

우리는 누구의 겉모습을 보고는 편견을 가질 수는 있지만 그 사람의 속모습을 모르는 이상 처음부터 새로 받아들일 준비를 해야 합니다. 그 사람을 이해하고 다름을 진정하게 받아들일 수 있을 때 그때 비로소 나는 이 사람이 누구인지를 알고 있다 말할 수 있을 겁니다. 그렇게 된다면 그래도 지금보다는 서로가 서로에게 상처받아 생기는 문제들이 훨씬 덜 하게 될 것이라고 강하게 믿어 의심치 않습니다.

소

누구는 혼자서 그렇게 소처럼 일해도

별거 없다 말하고

또 다른 이는 지금 세상은 그런 사람이

성공할 수 없다 말합니다

하지만 저는 믿습니다 누가 뭐라 해도

저는 계속해서 앞으로 나아가고 있고

언젠간 골인 지점에 도착할 것이라는 것을

내가 있어야 할
그곳은 어디인가?

누구나 4번 타자를 꿈꿉니다. 팀의 상징이 되는 홈런 빵빵 때리고 점수 팍팍 내는 팬들의 영웅이 되는 그런 타자를 말이죠. 그런데 그거 아세요? 한 팀에 4번 타자가 두 명 있는 팀은 어디에도 없답니다. 1번부터 9번 타자까지 각각의 숫자에 어울리는 재능을 갖춘 선수들로 구성되어 있죠. 한 팀을 전부 4번 타자의 재능을 갖춘 선수로 구성할 수는 없다는 뜻입니다. 어차피 모두 4번 타자가 될 수 없다는 말이기도 하죠. 나는 발빠른 1번 타자인지 득점을 이어가는 5번 타자인지 찬스를 연결시키는 9번 타자인지. 각자 자신의 재능에 어울리는 자리가 있겠죠?

이런 게
일상의 기쁨과 슬픔이겠지

7시는 너무 싫은데 7시는 너무 좋다. 눈뜨면 7시, 학교 가고 회사가고 일어나 준비하기 바쁜 7시는 너무 싫다. 영원히 오지 않았으면 하는 시간이지만 또 7시는 너무 좋다. 하루일과를 모두 마치고 집으로 향하는 가벼운 발걸음 생각만 해도 기분 좋다.

한쪽 면만 보고 판단하지 말라고 너무 싫은 7시와 너무 좋은 7시가 함께 존재하나 보다. 우리도 마찬가지겠지. 누구에겐 싫은 면이 누구에겐 좋은 면이 되기도 하고 또 받아들이는 사람에 따라 다르기도 하고. 유연한 시각으로 누군가를 바라보는 것이 중요하다 느끼지만 여전히 아침 7시는 너무 싫다.

그들이 누리는 행복이
내게도 분명 있다

    행복하다 말하는 사람들의 이야기를 들어 본 적이 있는가. 과연 그들은 무엇이 그리도 행복한가 내가 가지고 있지 않은 무언가가 그들을 행복하게 하는가. 자세히 들여다보니 전부 다 내가 가지고 있는 것들이더라.

    내가 잘났다 가진 게 많다 그런 뜻이 절대 아니다. 그저 삶 속에 있는 그런 것들로도 그들은 충분히 행복해하고 있었다. 다만 그들의 것들은 내 것과는 다르게 반짝반짝 빛이 났다. 삶 속의 어떤 것에 애정을 가지고 예쁘게 닦고 사랑을 주어 행복이라는 이름을 붙여 주고 있었다.

나도 할 수 있을 것이다.

나에게도 먼지 쌓인 것들이 많으니까.

다만 내가 그것들을

그저 서랍 속 낡은 상자 안에 두듯이

내 마음 깊은 곳 한 구석에

내버려 두었을 뿐이니까.

하나씩 하나씩 꺼내보려 한다. 사랑을 주어서 행복이라는
이름으로 바꿔보려 한다.

믿으면 열린다

인생의 문제를 풀 수 있는 해결책은 어쩌면 존재하지 않는 건지도 모르겠습니다.

아니 너무 많아서 딱히 적용할 수 있는 것을 찾기 어렵다는 말이 더 어울릴까요. 우리 각자가 처한 상황이 다르고 무엇보다 우리 각자가 다르므로 한 사람이 문제를 풀었던 해결책을 다른 사람도 사용하기는 어려울 수 있겠죠. 비교 자체가 불가능하기에 다른 사람은 잘만 하는데 나는 왜 잘하지 못할까 하는 푸념은 애초에 성립될 수 없습니다.

하지만 여전히 나만의 해결책을 찾는 문제는 남아 있습니다. 우선 나 자신을 잘 파악해야 하겠죠. 나라는 사람이 가지고 있는 나만의 문제를 풀려면 나만의 해결책을 만들어야 할 테니까 말이죠. 오직 나에게만 집중하세요. 내 눈앞의 문제만 보세요. 당신이 지금 존재한다면 지금까지 크고 작은 여러 문제들을 해결해 왔다는 뜻일 것입니다. 어떻게 풀어왔는지 곰곰이 생각해봐요. 그런 문제들을 풀 수 있는 능력은 당신 안에 분명히 있습니다.

이제 마지막으로 할 일은 자기 자신을 믿는 것입니다. 문제 앞에 서서 자신을 믿지 못한다면 그 어떤 방법도 시도하지 못하게 됩니다. 내 안에 있는 것은 무엇이라도 좋으니 하나씩 하나씩 꺼내어 적용을 해보고 조금씩 조금씩 풀어 나가면 됩니다. 시간이 걸릴 수도 있겠죠. 또 완벽한 해결책을 찾지 못할 수도 있겠죠 하지만 내 앞에 있는 문제의 턱을 낮추기만 하여도 우리는 그것을 충분히 넘어갈 수 있다는 사실을 기억하세요. 그렇게 또 하나의 해결책을 스스로 만들어가는 겁니다.

우리 안의 보물을
아직 못찾은 이들에게

　우리는 신에게 항상 원하는 것을 갈구하지만 대부분 원하는 만큼 받지 못한다. 원하는 것에 지나친 욕심이 포함되어 있을 확률이 높아서일 수도 있지만 욕심을 덜어내더라도 원하는 것이 이루어지는 경우는 생각보다 많지 않은 것 같다. 이렇게나 많은 사람들이 각기 다른 것을 원하고 있는데 신도 바쁘겠지.

　하지만 시간이 지나 생각해보면 신은 우리에게 원하는 것 대신에 필요한 것을 주지 않았나 한다. 당연히 우리에게 필요한 그 어떤 것으로 원하는 것을 얻기 위하여 노력할 수 있었겠지. 궁극적으로는 원하는 것을 얻기는 한 거다. 시간과 노

력, 걱정과 불확실을 거치는 과정이 힘들었을 뿐이지. 하지만
또 그런 것들 없이 어찌 재미있는 인생을 살 수 있단 말인가.

우리는 이미 원하는 것을 얻는 데 필요한

그 무엇인가를 가지고 있을 수 있다.

우리가 모를 뿐이지.

따라서 원하는 것이 있다면

한번 해보자 누가 또 알겠는가.

의외로 엄청 쉽게 풀릴지.

우리 모두는 그런 선물을

이미 신에게서 받은 거다.

우리 각자의 인생을 풀어 가는 데

꼭 필요한 선물을.

길은 다 목적지로
통하게 마련이더라

잠시 후 오른쪽 도로입니다. 경로를 이탈하여 재검색합니다.

인생의 여정과도 같다. 정해진 가장 빠른 길에서 단 한 번도 이탈하지 않고 목적지까지 도달할 수 있는 사람이 과연 얼마나 될까. 재검색하면 도착 시간은 느려지지만 그 시간만큼 새로운 길을 익힐 수도 있고 새로운 거리를 경험할 수도 있다. 내비게이션이 알려주는 길은 모든 교통 상황까지 고려한 그야말로 최상의 길일뿐. 처음 가보는 길에서 그런 주변 상황까지 미리 감지하여 빠른 길로만 간다는 것은 불가능하지 않을까.

그러니 지금 당장 오른쪽 도로로 진입하지 못했다고 하더

라도 걱정할 필요가 없다. 진입 가능한 오른쪽 도로는 반드시
또 나온다. 무엇보다 중요한 것은 어쨌든 우리는 목적지에 도
달할 수 있다는 것이다. 돌아가는 길이더라도 시간이 좀 더
걸리더라도 말이다.

나는 지금 외로운가?

    누구는 같이 있어도 외롭다 말하고 또 다른 이는 홀로 있어도 외롭지 않다 말한다. 외로움은 홀로 되어 쓸쓸한 마음이라는데 이 사전적 의미는 둘 모두에게 적용되지 않는다. 어찌 사전 따위가 인간의 복잡스런 감정을 헤아릴 수 있을꼬. 그러고 보면 인간은 인간에게서 외로움을 해소할 전부를 찾을 수 없는 건지도 모르겠다. 같이 있어도 외롭거나 홀로 있어도 외롭지 않다면 인간 이외의 다른 것으로 충분히 외로움을 극복할 수도 있다는 말인데. 나는 지금 외로운가? 외롭지 않다면 왜 그런가? 외롭다면 무엇에 외로운가? 무엇으로 외로움을 해소할 수 있는가?

해줄 수 있는 게 없을 때
마시는 것

나도 위로받아야 하는데 위로해주는 상황이 애매하고 내가 그 정도 깜도 안 되는데 조언이랍시고 지껄이는 상황이 우습고 백프로 이해도 못하는데 이해해야만 하는 상황도 답답하고 해서 뭐라도 해야만 할 것 같은데 딱히 할 수 있는 것도 없고 해서 그냥 아무 말 없이 이런 내 마음 모두 담아 그놈 잔에 소주 한 잔 꽉꽉 눌러 채워 주었다.

사 력

힘쓰다가 죽어야 할 이유는 물론 없겠지만

죽기 직전까지 만큼

힘써 볼 경험은

인생을 통틀어

한 번 정도는 해봄직하다

있으면
무조건 좋은 것!

나는 매주 로또 1등에 당첨될 것이라는 희망을 가지고 살아간다. 나를 포함하여 많은 수의 사람들이 각자 자신의 희망을 가지고 있을 것이라 믿는다. 당장 이룰 수 있는 목표도 있지만 나의 로또처럼 금방 이루기는 쉽지 않아 보이는 꿈도 포함된다. 그러고 보면 희망은 범위가 생각보다 넓다.

또 한 가지 발견한 것은 희망은 꽤나 많은 동사로 표현이 가능하다는 사실. 희망을 안거나 품거나 갖거나 보거나 찾거나 만나거나 느끼거나. 나의 경우엔 희망을 먹는다. 지금까지 살아오면서 희망했던 것이 현실로 이루어졌을 때 느꼈던 성취보다 허탈감이 더 컸다. 아마도 대부분의 경우 희망에서 기대했던 것보다 결과가 좋지 않아서일 것 같은데 처음 몇 번은 희망 후에 바로 절망이 찾아왔다. 그때 극복했던 방법은 결과에 만족했던 것이 아니라 또 다른 새로운 희망을 만들어내는 것이었다. 그리고 매일 그 희망을 먹고 산다.

어차피 미래의 일은 알 수 없으므로 나의 희망은 꽤 희망적이라 스스로 생각하며 살아간다. 일종의 주문처럼 보일 수도 있지만 긍정적인 마인드를 갖게 되는 데 매우 효과적이다.

지금 내가 희망하는 것 중 가장 큰 희망은 내가 희망하는 것이 죽을 때까지 내 앞에 나타나지 않는 것이다. 평생 내 앞에 희망이 나를 밝게 비추고 있다는 희망을 가지고 살아갈 수 있도록 말이다. 희망의 결과를 보지 못한다 하여도 평생 희망차게 살아갈 수만 있다면 그것이 희망고문이라 하여도 철저하게 즐길 자신이 있다.

어쩌면 희망은 그런 마음가짐을 갖게 해주는 존재인지도 모른다. 손을 뻗으면 닿을 수 있는 거리에서 앞으로 나아갈 수 있도록 이끌어주는, 뒤돌아봤을 때 아 그래도 이 만큼은 왔구나 하고 느끼게 만들어주는 존재 말이다.

곧

〰〰〰

힘들 때면 늘 곧이라 생각해요

언제쯤일까 의심 들거든 늘 곧이라 기억해요

곧은 머지않은 때이지만

사실 그때는 언제 올지 아무도 몰라요

그대는 그저 계속해서 살아가야 해요

제가 말했죠. 그때는 언제 올지 진짜 아무도 모르니까

곧 오게 되면 반갑게 맞이해 주어야지요

혹 곧에게 속아 죽기 전까지 만나지 못해도 좋아요

그대는 한 평생 곧이 올 거라는 희망으로 살 수 있었고

언제 올지 모를 곧을 기다리며 늘 준비하고 살았다고

당당하게 얘기할 수 있을 거예요

오늘 하루를 살아가는 용기

최근 뒤늦게 재미를 붙인 왕좌의 게임이라는 미국 드라마에서는 평소 사용하지 않는 단어들이 꽤나 많이 나온다. 아마도 내가 평생 사용해본 일도 없고 앞으로도 사용할 일이 있을까 하는 의구심이 드는 맹세라던가 명예, 서약 등의 단어들인데 그중에도 용기라는 단어가 자주 눈에 띈다.

생각을 해보았다. 내가 처음으로 용기를 내본 일은 무엇이었나 그리고 가장 최근에는 어떤 일에 용기를 내어봤나. 글쎄 잘 기억이 나지 않는다. 용기는 두려워하지 않는 굳센 기운을 말하는데 용기를 내어본 기억을 떠올리기 어렵다면 무엇을 두려워한 기억을 떠올리는 게 도움이 될까. 그 당시 내가 어떻게 이겨냈는지를 기억해보면 그것이 용기인지 아닌지 알아낼 수 있을까.

드라마에서는 이런 대사가 나온다. 용기의 시작은 두려움을 인정하는 데에서 시작된다. 즉 두려워하는 마음을 갖게 되는 상황 앞에서 그것을 이겨내려는 기개를 보여줄 때 그것이 용기가 된다는 말인데 매일매일 살아가는 것이 두려운 나 같은 평범한 사람은 그럼 늘 용기를 내어 살고 있는 것인가. 어쨌든 하루하루를 어떻게 해서든 넘기고 살아가고 있으니까 그것으로 만족할 만한 용기를 내고 있다 말해도 되는지 모르겠다.

◆

용기는 우리가 아직 모르는 능력이라고 말하고 싶다. 나처럼 평범하게 살아가는 중에서 작게나마 씩씩함을 보여주는 것도 용기의 한 종류라고 믿는다. 비록 미약한 에너지일 수는 있지만 그래도 헤쳐 나간다는 것에 큰 의미를 두고 싶다. 어쩌면 우리는 아직 용기를 내어볼 상황을 맞닥뜨리지 않았을지도 모른다. 우리 안에 얼마만큼의 큰 용기가 자리하고 있는지 아직 모른다는 뜻이다. 내 자신을 믿고 하루하루 살아가는 사람이라면 언젠가는 정말로 큰 두려움 앞에서 자신이 미처 알아내지도 못했고 사용해본 적도 없는 용기가 뿜어져 나올 가능성은 충분히 있다. 이것 하나로도 나는 믿는 구석이 생겼다. 더 큰 어려움이 닥쳐와도 더 큰 용기로 충분히 이겨낼 수 있다는.

◆

북한 응원단의 단골 응원 구호는 용기를 내어라이다. 용기를 내어라. 이 얼마나 좋은 구호인가. 상대방을 두려워하지 말고 힘을 내라는 응원을 그 많은 사람들이 해준다면 듣는 사람은 자신도 모르는 사이에 어딘가에 숨어 있던 용기를 끌어내 두려움을 이겨낼 것이다. 일상에서는 내가 내 자신에게 응원을 보내주어도 좋겠다. 지치지 말고 힘들어 하지 말고 두려워하지도 말고 용기를 내어라 용기를 내어라 용기를 내어라. 내 안 어딘가에 잠자고 있던 용기가 깨어날 것이다.

멋진 아빠
코스프레 좀 해봤네

　이제 5학년이 된 큰 딸아이는 부쩍 외모에 신경을 많이 쓰기 시작했다. 내가 보기엔 그냥 뭐 귀엽고 좋은데 배가 통통하다느니 허벅지가 굵다느니 하는 불평을 늘어놓으며 날도 선선해졌으니 본격적으로 운동을 해야겠다 말한다. 마침 또 추석 연휴도 있고 해서 근처의 양재천으로 운동을 가기로 했다. 아빠도 배가 많이 나왔으니까 이참에 살 좀 빼자 하며 은근히 나를 자극하여 흔쾌히 응해주었다.

　낮엔 아직 더울 수 있어서 한낮을 피해 길을 나섰지만 여전히 운동길에는 사람들이 많았다. 사람들에게 피해를 줄까 우리는 앞뒤로 나란히 걸었는데 작은 아들 녀석이 선두로 섰고

딸아이, 그다음 내가 맨 뒤에서 걸었기 때문에 자연스럽게 적당한 속도를 유지할 수 있었다. 처음엔 이런 얘기 저런 얘기도 하며 걸었지만 30분 정도 시간이 지나자 우린 모두 입을 다물고 자신만의 페이스를 유지하며 앞으로 나아갔다.

한 시간 정도 걸었을 무렵 앞에 보이는 작은 벤치에 앉아 목을 축이며 잠시 휴식을 취했다.

아빠 우리 지금 어디까지 온 거야?

어, 아빠도 잘 모르겠어

아직 앞에 길이 엄청 많이 남아 있어서

얼마만큼 왔는지 잘 모르겠네.

그럼 우리가 얼마나 걸어왔는지 어떻게 알아.

음 그럴 때는 우리가 걸어온 뒤를 돌아봐

우리가 걸어올 땐 잘 모르지만

뒤를 돌아보면 우리가 출발한 지점이

엄청 작게 보일거야

우리가 그 만큼이나 온 거야.

걸어올 땐 힘들고 시간도 걸리지만

뒤를 돌아보면 엄청 뿌듯하지

저 길고 긴 길을 우리 발로 걸어서

여기까지 온 거니까.

이렇게 오지 않으면

여기까지 절대로 올 수가 없는 거야.

한 걸음 한 걸음이 그래서 중요한 거야.

그렇게 멋진 아빠인 양 코스프레를 하기는 했지만 사실 나는 살면서 앞으로만 가진 못했다. 제자리에서 아주 오랫동안 걸음을 하기도 했고 심지어 원래 있던 자리로 돌아가 처음부터 다시 시작한 적도 있었다. 시간도 걸렸고 힘도 들었으며 적잖이 실망도 했었지만 그래도 뭐 어떻게 해서라도 다시 앞으로 나아가려 있는 에너지를 모두 쏟아 기어보기도 했었다. 인생은 직선 코스가 아니며 수많은 장애물도 있고 벽으로 가로 막히거나 여러 갈래 중 하나를 선택해야 하는 어려움도 많다. 선택한 그 길이 낭떠러지나 늪으로 연결 되기라도 할 때면 어쩔 줄을 몰라 울고 싶은 적도 한두 번이 아니었다. 인생은 양재천 길이 아니다, 라고 차근차근 설명해야 하는 날도 곧 오겠지.

그렇게 우리는 총 1시간 30분을 걷고 어딘지도 모르는 동네로 빠져나와 버스를 타고 집으로 돌아왔다. 밤에 잠자리에 든 아이들은 다리가 아프다며 투정했고 난 아이들의 다리를 번갈아가며 주물러 주어야 했다. 아빠 오늘 운동했으니까 살 좀 빠졌겠지. 그럼 당연하지 지금 우리 다리가 아픈 만큼 살이 빠졌을 거야. 이렇게 계속 하면 결국에는 살이 빠져, 걱정마. 아빠도 옛날에 운동 계속할 때 살 많이 뺐었어. 그런데 지금은 왜 그래. 빨랑 자라.